罗马行

[英] 希莱尔·贝洛克 著
倪庆饩 译

天津出版传媒集团
百花文艺出版社

图书在版编目（CIP）数据

罗马行 / (英) 希莱尔·贝洛克著；倪庆饩译. --天津：百花文艺出版社, 2017.5(2023.3 重印)
ISBN 978-7-5306-5890-1

Ⅰ. ①罗… Ⅱ. ①希… ②倪… Ⅲ. ①散文集–英国–现代 Ⅳ. ①I561.65

中国版本图书馆 CIP 数据核字(2017)第 071183 号

罗马行
LUOMAXING
(英)希莱尔·贝洛克 著　倪庆饩 译

出 版 人：薛印胜
责任编辑：张　雪
封面设计：郭亚红
出版发行：百花文艺出版社
地址：天津市和平区西康路 35 号　**邮编：**300051
电话传真：+86-22-23332651（发行部）
+86-22-23332656（总编室）
+86-22-23332478（邮购部）
网址：http://www.baihuawenyi.com
印刷：三河市同力彩印有限公司
开本：787 毫米×1092 毫米　1/32
字数：125 千字　**插页：**2 页
印张：7
版次：2017 年 5 月第 1 版
印次：2023 年 3 月第 2 次印刷
定价：48.00元

如有印装质量问题，请与三河市同力彩印有限公司联系调换
地址：河北省三河市黄庄镇赵家庄同力彩印
电话：17710717619

目　录

首　途

那是六月初的黄昏，但还没有到日落，我从图尔[1]出发，经过南锡[2]的城门，然而不是经阅兵场径直往前走，而是随即向右转，沿着壕沟和城墙而行，没有脱离一个又一个碉堡，直至我来到和莫塞尔河并行的那条大路。因为我要沿着莫塞尔河河谷开始我的旅程。我很幸运，莫塞尔河河谷径直通往罗马方向，虽然它只能带着你走一小段，从小小的地图上可以看到它如一次直达的旅行开了一个多么可喜的好头，地图上由小点标出的路线准确地直指罗马。莫塞尔河有两个弯曲处使人稍稍离开正道，我试图避开，但总的说来，从图尔到河源约两百英里，从洛林省的这个部位人要步行进入意大利，河谷是一扇明显的大门。对开头三天指引我走什么道路经爱比纳和列米尔蒙直到河源，登越高大的阿尔

① 法国东部的城市。
② 同上。

萨斯巴隆山,这张地图也是有用的。河谷就像一条深沟,它上方的群山荫蔽着它,直到多山的上部,沃斯盖山脉被画成黑色。我选择日暮出发,因为午前一点时间和午后四个小时实在酷热。我计划在夜间、上午和黄昏步行,但是这个计划结果如何你不久就会知道。

我没有走多远,还不到四分之一英里,沿着离开城市的大路走,这时我想我要停下来休息一会儿,搞清楚自己是不是顺利地走在通往罗马的路上;所以我在一道山壁边,回顾路过的城市和碉堡,把自己看见的山川形势画在笔记本上。那是一幅曾牢牢地留在我少年时代内心深处的景象,只要可以把过去的印象形成画图,就会留存久远,我想这对所有应征入伍的士兵都适用,他们会这样看待他们的要塞的,因为人在二十一岁时心地是这么纯净,生活对每一个刚参加进来的新手都是这么新鲜的,他和书本和一切生活中的忧愁烦恼隔离,那个地方的环境的印象深入人心并且生根,犹如他的学校和头一个家一样。我尤其幸运,因为我曾经跟炮手们在一起待过(众所周知的最好的一类人),不是在大地方而是在一个小城,那里非常古老又寂静,周围一圈地方的军人比在废弃的城堡内的男女和儿童的人数还多。小城以景色十分美丽而著称,虽然我孤陋寡闻,以前没听说过这里。我在一个十一月的拂晓头一回进驻小城,立刻感到它的名不虚传。我们一直前进到炮队驻扎的营房最高处。我记得望见四面八方包围它的雄伟高山，掩蔽着大炮的威胁和保护。在东面和南面的静静的山谷里高高的森林俯瞰着莫塞尔河。在大路下的小城，耸立在一个小洲上或一圈高大的树木当中。所有这一切，如我所说，我永志不忘。我也下过决心，不论何时只要我踏上去罗马的征途，我要把这里当作我的出发点。当我在此地停下来并且回头去看时，在小城的大门口不远，我又想起那种景象，它让我回忆起那么多的欢笑、繁重的工作和劳役以及对武装的自豪感。

我直视着巨大的圣米尔堡，它是边界最坚固的工事，也是组成这个由壕沟保护的营地碉堡圈的门户。你只能看到一点点它的炮台，或一点也见不着，只望见葡萄园上方好几百英尺高的陡峭灌木丛。在顶上是有目的地栽种的一片矮林。挨着在它的左面，同样高度的是贝灵山拱起的山脊，这里隐藏着一座炮台。在贝灵山和我走的大路与山壁之间，我看见隆起的地面和被称为“正义之营”的营房，不过称它为小型的专制统治和友好的伙伴情谊之营更合适，以表明这两者是军队的生命；因为在我老家强迫实行的美德当中，正义位居第二，而纪律与同志之谊是首位；我考虑得越多，我越坚信在那里通过锻炼成为军人的吃苦耐劳的青年当中，谁也没有像律师一样吃的苦头多。右方耸立在城市的壁垒外面的高高的树木远看愈来愈小，像一条栅栏，在它们上面，这里那里，露出一个屋顶，显出大教堂或圣根郭尔特教堂钟楼的顶部。

所有这些都是我朝后眺望时看到的，我注视一番并画了图后，又转身上路。

酒桶的故事

在我挂在肩上的一个旅行包或口袋中，有一大块面包、半磅熏火腿、一本速写簿、两份爱尔兰民族主义者的报纸和一品脱布芝尔酒——那是要塞周围地区最著名的佳酿，可是非常便宜。布芝尔[①]这个名称是一个对连受打击而陷入绝望的人的好兆头，因为它之所以叫作“布芝尔”是因为这地方接连被罗马人、法国人、勃艮第人、日耳曼人、佛莱芒人、匈奴人焚烧过。或许，总的说来，过去数千年那些民族总是越过贝灵山这一狭长的地段走捷径向敌军进攻。所以你会设想它是一个富裕而骄傲的村子，如我前面说的，比要塞区任何别的地方酿造出的酒更好。这使我想起 1891 年大演习中遇上的一件事，一门炮由三个驾驶员拉着走，我是当中那一个。

我们在尘土飞扬中走过一段行程后，完全踏上了去康

① 布芝尔(brule)，法语焚烧的意思。

麦西的大路，接着停下来小憩，这时有一辆车子载着一只我从未见过的硕大无比的酒桶经过。你谈到海德堡[1]的巨桶，或存放在纳帕谷[2]清爽的木棚里大得吓人的酒桶，或里姆斯[3]地窖里的大酒桶，但所有这些都是在原地制造并保持固定，对无须运输的酒桶没有体积的限制。这只巨大酒桶的问题在于它虽然笨重但能移动，由笨拙、耐心的公牛极其缓慢地拉着，它们不慌不忙。桶上坐着一个壮实的农民，神情果断，仿佛他在跟他的同类战斗，在他的牛车一路咔啦咔啦地走着时，他不断发出"哼、呵、呼"的吆喝赶他的牛，那是一种愠怒的挑战式的声调。士兵们开始一个一个地招呼他："你上哪儿去，老爷子，带着整个那座'炮台'？""为什么运凉水到康麦西啊？他们那里水实在太多了。""你这小桶里装的什么货色，那小小桶里装的又是什么？还有卖酒人的酒瓶里的、葫芦里的、装油脂的小木桶里的？"

他猛然停止赶牛，转身回头对我们说：

"我愿告诉你们我这里有什么。我有几百公斤自酿的布芝尔酒，我知道这是现存最好的酒了，我要马上拿去卖，看看能不能叫那些傲慢的家伙心服口服。他们老是杀价，嘲笑

---

① 德国南部的文化与旅游城市，也制造啤酒。
② 美国加州的西部城市。
③ 法国东北部城市。

我。这酒每百公升值八个盾[①],也就是说每公升八苏;我说什么好呢?它值一个路易[②]一杯:我会照我说的价钱卖,一个子儿不少。可是我每到一个村子,小饭馆老板就开始讲价钱,讨价还价,出六个苏或七个苏,我回答,'八个苏拿走,要不算了。'等他像是又要争,我站起来就赶车走。我明白我的酒值多少钱,我不会降价的,即便走出洛林省到巴罗瓦去卖。"

不久之后我们在大路上又赶上他,这时一名中士在我们经过时大声喊道:"我愿给你七个苏,七又四分之一,七个半。"我们笑个不止,随后就把他的事情通通忘掉了。

有好些天我们从这个地方开拔到那个地方,又开炮又在烈日下玩一种混乱的游戏,直到兵马拉开有一英里长,新兵全都聋得像那么多的标杆。最后一天傍晚我们到达一个叫海尔茨勒毛卢普的地方,在吃够平原的炎热和尘土飞扬的苦头之后那里犹如天堂;那里的居民善良好客犹如天使;那正是在香槟省的边界上。在我们把马擦洗完并喂过水之后,又指定了马厩的卫士。我们还余下约一个小时的闲暇,可以在凉爽的夜幕下溜达溜达,然后再到粮仓里去睡觉。突然我们有了世界真小的体验——因为正是那只大得可怕的酒桶竟然出现在这个村子的街道上,我们可以从它的行动

---

① 法国旧币名。

② 法国金币,一路易值二十法郎。

上看得出它依旧是装得满满的。

我们围拢在那个农民的周围，告诉他我们为他的不走运多么难过，我们同意他的意见，巴罗瓦所有因为一首歌而不买他这么好的酒的人通通是窃贼和疯子。他把牛和酒桶赶到附近一个非常高的棚子存放，告诉我们他的旅途遭遇：他因为坚定而受到许多攻击，他又是怎么抵抗的。在他的语气中愤怒多于伤感，我看得出来他的性格中既含有暴君的成分也含有殉道者的成分。接着他突然滔滔不绝：

“噢，这种好酒啊！只要它有人知晓，尝它一尝就好了！……嘿，给我一只杯子，我愿请你们几位尝尝，那么起码我会得到它应得的称赞。这酒我装运了一百多英里的路，到处都不受人欢迎。”

小凳上点着一支熔化的蜡烛。牲口棚的屋顶在黑暗的高处看不见，后边暗处牛在食槽不慌不忙地嚼草。蜡烛的光焰从下方照亮了他的脸部，照出脸上黑魆魆的影子，我们贴近时烛光在我们的脸庞上摇曳，然后它斜着淡下去，在酒桶长长的影子里消失。他靠近桶塞站着，眉头紧蹙，仿佛为什么非常重要的任务苦苦思索。我们所有的人，炮手和拉炮的驾驶员开始递给他我们的水杯，差不多有一百只，他把它们全倒满了——不是欢欢喜喜地，而像一个庄严地奉献祭品的人。我们也受他情绪的感染，不断地传递水杯，低声感谢他，大体上保持沉默。几个士兵无所事事地在门口闲荡。他要他们把杯子递给他，盛满酒。他请他们把原来的战友尽量带来；很快就有一批来了又走的人通通得到布芝尔酒，低声祝贺。他愿意继续赠送下去直到送够，但我们适可而止，于是这个场面告一段落，我说不上他给我们的酒数量究竟多少，不过在他敲打桶盖的时候声音表示里面已经空了。我们付了钱给他，他拒绝收下，自己去躺在他的牛身旁睡下了，我们分别也到别的粮仓找到干草睡自己的觉。下一天我们在拂晓前开拔，再没有见到他。

这是布芝尔酒的故事，它表明人们喜爱的绝不是钱本身而是他们自己的生活方式，人们喜欢同情和排场超过一切。它也教育我们不要对有钱的人苛求。

莫塞尔湖

我沿着莫塞尔湖而行，我一路走着，夏天漫长的黄昏开始降临。天空是空悠悠的，它的深沉是无际的。空气的澄清使我想入非非。我经过从前我们习惯停下来的地方，那时我们在这里学习如何在炮火下骑马的技术。我经过那栋小屋，这儿孩子们可以在难得的假日吃到水手鱼[①]，那是用酒烹调的。这样走着走着，一直走到有水坝的地方，河水从这里展开成为一片水面，有点像一个湖泊。

我在这里的木栅旁停下，向群山眺望。到目前为止，一路上的景物是我了如指掌的，现在在我冒险进入高处的森林，在开始体验新的经历之前我最后注视着我所熟悉的东西。我从容地向它们告别，沉思着而不是向前走。在我身边的一切引起我的回忆，使我放松。一群绵羊由牧人赶着经过我身旁，他向我道一声晚安。我发觉自己进入了某种愉快的

---

① 用葡萄酒、洋葱等调料炖的鱼。

情绪，在那种情绪下把所有要写的书都构想到了(但一本也没有写出来)。我抽着巴尔扎克的“有魔力的香烟”，如果这类遐想对行动是致命的阻碍的话，却在很大程度上是一种幸福的因素，在好些英里的行进中我把它浪费在那个可爱而静寂的山谷里的沉思上。我以为假如一个人完全是他自己的主人，一点不为什么需要所控制，甚至不受必须表现出来的控制，那么他的一生就会在这些美妙的想象中过去。

这是一个我记得很清楚的地方。洛林那条上涨的莫塞尔河在这里受到控制和阻拦，它扩散开去成为一大片水域。虽然非常浅，但从它水面的倒影和宁静上看，倒相当像一个幽静的深池。围绕它的陡坡差不多像高山的悬崖峭壁，上面长着深密的森林，那是洛林省的希望所在，这里有它所依靠的当地特产。有一个当地的小村，我们习惯叫它“富源中的圣彼得”，位于右岸陡坡与河水之间，恰好在山末端的一块平地上。这里从前是沼泽，现在是半田地、半池沼。大路沿着这块平地通过，路边种着稀稀拉拉的白杨树，你可以循着大路走啊走，进入沃斯盖省的心脏地区。我借助这里的沉寂和这片广大平静的水面安心休息直到夜晚。劳动后的归家之路，羊栏里咩咩的叫声，屋檐下的灯光，这种情调跟农民的生活完全协调一致。在这样的精神状态下我沿着上河谷走向山间的春天。

在圣彼得天色刚好是白昼过去，人觉得仍旧能阅读的时候，建筑物和桥梁成为一大片朦胧的紫色，让人想起白天的时候，可是当比人更敏锐又不像人那么受记忆的幻觉所苦恼的夜鸟发现这种情况时，黑暗已经取得了完全的胜利。

农民在暮色下坐在屋外呼吸凉爽的空气，在我走过时人人都同我说话，我一一回答他们，在他们客气的招呼中不缺友好的情谊以及感叹一声上帝。只有一个人除外，他是一个休假的炮兵中士，他用我熟悉的口音向我大喊，邀我喝酒。但我告诉他我得利用夜晚上山到森林去投宿，因为白天天热不宜赶路。随着离开最后一幢房子，我由于孤单而惴惴不安。当大路开始向山上攀升进入没有人烟的地带和树林时，我纳闷夜晚会怎么过去。

更大的神秘感随上山的每一步而包围我。星星出现不多，褐色的夜雾沿山下的湖面慢慢浮动，但依然有足够的微光看得清大路，甚至可以辨认出荒僻的洼地里的蕨丛。主要的交通大路比胡同好不了多少；在山顶它一下钻人挺拔的松林之下，被黑暗所笼罩。这个森林的王国没有墙垣，是由阴影建造的，随着黑夜变得深沉变得咄咄逼人。倘若我有同伴，我们仍旧会低声交谈，在树木形成的地牢里即使我内心有话我也会悄悄说的。

林中一夜

我到一个看不清的林中空地时已经完全是黑夜了，空地刚好是在平坦的山冈上的高处。这个空地人称为“玛达莲泉”。开阔的田野上面，更加辽阔的天空使我松一口气，我能在这里盼望天明并休息一会儿，最终因为与世隔绝可以思考许许多多事情。空气充满仲夏的气息，它混合着喜悦和恐惧，把我同寻常的生活隔离开来。我现在明白为什么我们的宗教把一年中的这个季节视为神圣的日子，为什么稍后我们有圣约翰之夜，在这天村子会点燃焰火，人们和仙子们在夏季青草围成的圈子内舞蹈。

在这个夏季的关键时刻一切事物配合起来阴谋反对我们，要在白天生活的理性的人，变成受某种稀奇古怪的东西摆布着愚蠢到守望这样的夜晚的那些人。所以我，守望着，遭到隔离。巨大的朦胧不清的峰峦全覆盖着森森的树木，从上面瞪视着我坐息的旷地，但是它们融合成一条混乱的地平线。我是在一块高地上，然而我觉得在那无边无际的空间中自己是孤单的，只有它，高地，是属于大片大片原野的。我看到繁星点点，记得正像在这样一个夜晚，我是如何抬头眺望它们的，那一次我接近太平洋，身边缺少朋友，充满孤独之感。万籁俱寂，一片黑暗。在我前后的森林形成一个沉寂的正方形的框架，我被镶嵌在空地内，思考着一切。

一阵轻风吹进辽阔的森林。它似乎唤醒了只应属于这个与世隔绝的隐蔽之所那无限诡秘的生命，它对我来说是陌生的，而它认为我是一个入侵者。可是我什么也没有听到。高高的草丛里没有毒蛇，在那块正方形的地里也没有青蛙，山冈的高处没有蟋蟀。但我知道小动物是跟太阳的敌人——所有的夜势力结成同盟的，它们占据着我周围的空间和土地。我也不愿否认我感觉有一个叛逆者，他很明白人生来要在快乐的黎明起身劳动，在夜晚睡眠，因而在那个短暂而神圣的黑夜里万物成倍增加了对我们的吸引力和我们的幻想。或许设岗放哨的本能和警戒防卫的必要，在我们从事这样的试验的时间内，不知不觉地从过去漫长的年代回到了我们身上。不管怎么说夜压抑着我又使我兴奋。猛然间，我把这样的兴奋归因于需要食物。

“假如我们必须试试白天睡觉，晚上走路这种纸上谈兵的计划。”我想，“至少你得安排夜餐来适应它。”

因此，尽管我满脑子依旧想着森林，我还是坐下来点燃一根火柴看看我包袱里的东西，拿出我的面包、火腿、巧克力和布芝尔酒。代替桌椅的是一道石楠丛生的土埂，还残留着白天的温暖和气味，同我做伴的是夜晚那些大量我见过的，可能有敌意的事物，至于原因或理由则是饥饿。在讨论旅行家应该怎么办的许多人当中，促使我采取这个有益的举动的人是最亲切友好的。因为当我喝着酒，对付面包火腿时，我越来越觉得我有权享受徒步旅行的快乐，星星变得熟悉起来，森林成为玩具。很明显的是，人首先必须承认肉体的需求，灵魂留在原地，因为一点点提神活力的饮食对让你成为真正的人大有好处。

刚一吃完这顿消夜，我就欢畅地一跃而起，点起一支烟斗，使我高兴到难以表达的是，我听到大路往下走的某个地方传来别人的声音。他们正唱着法国步兵部队的一支老歌，它可追溯至路易十四时代，叫作《在我的金发姑娘的后面》。我应和着他们的合唱，等到我们在树林下会合时，我们早已相识了。他们告诉我他们有一次到南锡城内去的四十八小时休假，他们四个人必须在一个叫干谷的地方点名归队。在这么多年之后我还记得它。

不幸的村子

那是一个小村，位于俯临河上的一座高山的坡顶边缘，不知什么时候人们筑起土方把它包围起来，恰好在教堂上方盖了一个大堡垒。正当村民还没明白过来是怎么回事，他们得知，首先，没有得到指挥官的批准，人们不得在日落后与日出前这段时间内进出；其次，他们的房屋会成为“第十八号堡垒内的建筑物”；第三，他们的村子将驻满军人；第四，一接到动员的命令他们要随时从住房撤出。村民糊里糊涂地睡着时村子成了一座堡垒，这里所有的街道都被土墙堵起来。这是难以忍受的命运：可是他们本不该把村子刚好建在一座圆形的山冈的坡边。他们是在过去这么做的，那时人们用石头而不用钢铁，因为山顶是一个易守难攻抵抗敌人的好地方，而现在73426年之后，有利的同一地势变成有害。这样事情倒了一个个儿。

不管怎么说干谷是一个壁垒，我的四位弟兄在往那儿去。村子还在数英里外，他们必须在日出前赶到，所以我分给他们一杯酒,使我欣喜的是他们拒绝了,我们有礼貌地分手。接着,我发现大路开始往下降,我知道我过了山。随着走出森林进入倾斜的田地,东方升起一轮朦胧的淡月,在长条状的遮掩着河流的雾霭里。沿着一条斜下去的大路走,我现在已完全脱离森林,穿过月下一个漂亮的没有人迹的谷口又来到了莫塞尔河河畔。通过这次越过那片高地的历程,节省了我要绕行一个大弯的体力。在我绕着山冈的弯曲的道路下山时,抬头而视倾斜着的有树林环抱的小谷,我记得这些石楠丛生的山谷被洛林人称之为“瓦伦”①,这使我唱起那支猎人的歌:“请听在我们的山谷中,猎人吹起他的号角。”我引吭高歌,直到抵达河畔听不到群山间振奋的回声。

现在我已到达离我的出发点约十二英里的地方,时间是夜半。旷野,平坦的大路(它常有一点隆起),河上湿润的空气开始迫使我感觉疲倦。我并不因此而心烦意乱,因为原来我打算用间或的休息来打断夜行,当我享受着城市舒适的条件时——尤其是在读书时产生的幻想——我曾经想象在露天下睡觉是一件轻松愉快的事情。固然,在我被迫参加的军事演习中我常常这样睡过,但我早已忘记随便一床什么地毯是多么要紧,一堆火光和战友情谊又会有多么大的

① 原文中此处为法语 Vallons,是较小的山谷的意思,与英语 Valley 相对的法语为 Vallee,作者有时混用。

差别。考虑着这一切，感到疲累，加上在冷月和清朗的天空下打冷战，我准备放弃露宿的想法，打算像一个基督徒的样子遇到下一个机会睡到床上去。然而在我们的誓言和计划中，总会出现什么有影响的人或事超出我们的判断，所有的错误估计都得付出代价。如你会看到的，我发现因为我说过愿意露宿，尽管我后来另有想法，却不得不照说过的话做。

我经过一个村子，接着又一个，村里一片漆黑，除狗外我弄不醒别的东西。它们拿我当敌人，直到最后我见到在莫塞尔河上雾中的一排灯光。这里有一个有几分像大居留地的城镇，城里有几家钢铁厂，我想即使在夜半后也会有不闭户的房子。我开头找到这个老城时，只有两个人醒着在做饭或在做别的工作。我在从门缝露出的一线微光中发现他们；但是使我失望的是，他们只是建议我过河到新城去试试，那里有钢铁厂和铁匠铺，"到那里，"他们说，"你肯定可以找到铺位。"

我过了桥，这时因为疲倦得不得了，什么也没注意到，甚至忽略了幽暗的群山。我首先发现的东西是一批属于一个商队或集市的四轮运货车。车上有些已经睡醒的人，但在我提出让我在他们车上的小屋睡睡时，他们告诉我说根本不行，那只能由他们自己全部占用。他们没有干草，他们由狗守护。总的来说要我明白(虽然没有使用暴力和无礼的举动)我的样子看起来像是一个来偷他们的狮子老虎的人。他们告诉我，虽然，毫无疑问我可以在工人的宿舍区中心找到空的铺位，现在那里电灯正亮着把全厂照得通明。

我勉强地拖着脚步前去，在这个实行令人厌恶的工厂奴隶制的地方，在最后的一栋有一面三角墙的高楼内我看见有一扇窗户开着，一个金发的男人在阳台上抽烟。我立即对他叫喊，要他租给我一个床位。他向我提出他能想到的所有问题（如果我是个老实人）。我为什么在那里？我是从什么地方来的？我原来打算在什么地方睡？我怎么会在这个时候行走？以及别的种种问题。我想了一下找个什么借口答复他。我太累了，虚构不出什么像是可信的理由，于是我决定告诉他全部实情：我原打算胡乱睡睡，但实在倦得不行，我是从黄昏出发从图尔走来的。我恳求他看在我们共同的信仰的份上收容我。他告诉我那做不到，因为他只有一间房，住着他和他全家。他向我担保他问所有这些问题是完全出于同情和慈善。然后他诚恳而好心地祝我晚安后，就转身进去了。

这时候我非常为难，开始生起气来。这些零零散散的法国小城竟连一个躲避风雨的机会也不给我。我看到要走约莫两英里路，到菜园以外的地区才能找到休息的地方。一口钟打一点。我抬头发现钟声是从那些小教堂之一的钟楼上传来的。这种教堂僧侣们正到处盖着。我也没有忘记因为盖教堂在心中咒骂他们。我也诅咒那些在莫塞尔河谷开办冶炼厂的人，那些向旅行人提供错误意见的人，那些在大篷车队中养狮虎的人，为了一小笔钱我本来会诅咒全人类。我的愤怒把我匆匆送出街道好远而来到乡村，我上方一道斜坡上，是一片果园，有一条小径通向那里。我转身走去发现不知何人搁在树底下的一大堆干草，我很快用干草做成一张极棒的床，首先是铺一个小小的褥垫，再把干草堆起来温暖如盖毯。

我没有睁眼躺着，通过疏枝观望天空（我曾计划旅行时自我承诺要这么做），而是马上就着了，连梦也没有做。一觉醒来，天已经大亮，太阳准备升起。这时身体虽不灵活，但已彻底休息了两个小时，我拿起手杖和包袱又重新上路。

我点燃烟斗，一路盲目地向着东方的朝霞蹒跚而行，走了好几英里。就在太阳升起之前，我从一座横跨河水的高高的桥上转向后望。夜晚短暂的休息使我能顺利地踏上征途，我已脱离熟悉的要塞区。我走过的雄伟的林木森森的山峰挺立着跟黎明相对，正在捕捉新的光明，在这样一个时辰罕见的浓密洁白的浮云，在山顶之上飘过莫塞尔河谷，除了作为一个半山区，我从未想到这是居然变成一个绵长的花园，它的围墙是整齐的，低低的，耕作过的山坡。河谷的主要水道现在不是河而是由河供水的运河。

沿河与沿运河紧靠着我的高高的野草，树叶和白杨树似乎是黛青的，但是河谷作为整体则模糊不清，只见一大片树林当中露出一座洛林教堂的钟塔，精致的山坡在教堂两边形成它的围墙。

从桥上下来,我发现一个路标,它告诉我从图尔出发我已经走了三十二公里——也就是二十英里；离弗拉维格尼一公里，天知道到下一个地方还有多远。太阳在朝雾中升起,在低平的山冈之间,河谷的漫长连贯的走向,雾把它都掩盖起来了。我在距弗拉维格尼一个码的旅途上推进。

弗拉维格尼

随着我走进弗城我立即看到一个也许挺容易拿它写一本书的地方,因为它有一座建于十七世纪的教堂,那个时代在大城市以外的地方建教堂不多;还有一座修道院,使它具备一种由高贵庄严的事物构成的重要气派;它还有欧洲机体最初的细胞,一切基督教结合体当中最好的——一个大村落。

弗拉维格尼是一条由许多房屋构成的长街,它们盖在一起如同动物建立它们的群落。房子年代久远,而老百姓从大革命以来都工作勤奋,没有一个是穷苦的,但其中也没有一个非常富裕。我仅仅看到一幢绅士人家的房子,就是那幢房子,我要高兴地说,还年久失修。大部分农民的房屋在底层都有一个大而深的粮仓,从那里吹出一股早晨使人愉快的气味。也就是干草、垫圈、牛、储存的食物和木头的气味。那是真正的早晨的气息,因为那是所有值得称为人的人在他起身时首先闻到的气味。同时也是那些让世界生气勃勃的人心目中跟日出联系在一起的事物，但跟不幸的城市居民的心思没有关系，跟新闻记者心中所想的一切关系最少，他们对早晨一无所知[1]，除了那是一段精疲力竭的空闲时间，你刚刚完成了预言世界末日到来的文章(第一百次了)，地板由于机器而开始颤动，同时在一种疲劳的状态下，你觉得肚子饿了，并且孤单：一种烦人的生活，不过通常是不长的。

回到弗拉维格尼来。沿着一条街延伸一个村子的办法是罗马式的，也是文明的标志。然而我在大学学习时，被迫读一本难懂的塔西陀[2]论日耳曼人的著作，书中有一堆含糊而荒唐的废话，而且更多是在有意的谎言里面，出现了这个绝妙的法则，那便是野蛮人把他们的房屋分开来盖而文明人则盖在一起。所以只要你在英国南部的山坡看见一批红色的屋顶抱成一团，记住那是野蛮的现象；但是如果你看见一百幢刷得雪白的房子沿着一条笔直的道路排成一溜，让你的心感到高兴吧，因为你又回到了文明世界。

但我继续从弗拉维格尼流浪。在进入街道时我注意到平稳的太阳怎样停留在更远处一片烟霭中，它的光线又如何笼罩着大路，显露出路面有稍许坎坷不平，但我首先看见

---

① 因为新闻记者、编辑多在夜间工作。

② 塔西陀(55？—117？)罗马政治家与历史学家。

的本地特色是一辆由一匹飞跑的驴子拉着的大车，在我拖着脚步向前时，它带着震耳欲聋的喀拉喀拉声朝我而来又经过我身边而去。大车上有两个修女，每人带着一把镰刀，她们是去割草的，她们也是村子里起身最早的，这一贯是宗教的规矩。受到这一可喜兆头的鼓舞，但还没有达到振奋的程度。接下来我遇到一个年纪很大的老头牵着一匹马。我问他在这个时候什么地方能吃到咖啡加面包的早餐，但他摇摇头，以浊重的口气向我道一声早上好。因为他是个聋子，多半以为我是在乞讨。所以我继续往前走，更加泄气。接下来我遇到一个中年模样的非常愉快的男子，他唱着歌，正往田间去。我拿同样的问题问他，他瞪眼看了我片刻说，要吃面包喝咖啡自然要到面包店去，我又问他面包店在哪儿，他对我的无知更加吃惊，说，“看那大烟囱冒烟的地方就是。”他一说我就看见我右方不远处有一个烟囱在冒烟，所以我谢谢他的指点，然后走过去发现那里有一个年约十九岁的青年，他坐在一张漂亮的橡木桌旁，面前有咖啡、朗姆酒和一整个面包。他正在等待炉子里的面包烘好出炉；小伙子非常客气，替我把咖啡和朗姆酒倒好，把面包递给我。

新鲜暖和的食品和朝气蓬勃的早晨做了两件事：它们把更多的精力注入我的身体，使我比在半小时前气势不足地行走要好得多，但与此同时（那是与食物和休息随之而来的）也使我感到这么一个漫漫长夜的疲劳。我直起身来决心找个地方睡觉。我问我的朋友早餐要付多少钱,他说“四便士”。于是我们交换了敬礼告别,我出发上路。

往前走了一英里，我看见大路横越运河，然后跟它平行。运河再往前流约一英里就到达一条堤岸,在根深叶茂的树林的下面。运河上一条旧桥通向这片诱人的树荫。现在将近早上六点,太阳渐渐炎热,我走着,睡意压倒了我,我的两脚变得沉重起来。我沿着行道走过桥,一头躺倒在那些可喜的树木下的苔藓上。忘掉这样一场早睡可能带来的罚款和随着正午而来的炎热，我迅速成为那片森林的动植物的一部分而进入梦乡了。

等我醒来时间已整八点,太阳已显示出它的威力。我看到它通过树枝照着我,像一个在城外的耐心的敌人,而你通过塔楼的观察孔守望他。我开始对踏上旅途心存畏惧。我朝身体下方望去,在陡峭的堤岸上的树干之间,运河的河面犹如黑色的大理石,我听到水上飞虫的嗡嗡鸣声,注意到轻雾已经消散。在很长的一段距离外,河水的微波声沿着水面清楚地传来,原来是一只平底船由一匹马拉着在河上航行。时不时松弛的纤绳掉进水里，我甚至听到拉起时纤绳在滴水的声音。河谷的其他地方是寂静的，除开昆虫低低的嘤嘤声,这标志着土地的力量。

现在我明白要让黑夜转为白天有多么难，因为我发觉我不是被迫浪费许多该消磨在旅程上的时间，就是在极端的炎热下行进。我喝完剩下的布芝尔酒(这时这酒似乎芬芳可口),吃掉一块面包,直起腰杆摇晃着走下堤岸,重新踏上大路。

夏尔姆斯

走到我遇见的第一个村子时，弥撒已经结束。我沮丧的沿着火热的道路继续走下去直到看见右方一堵矮墙，在这个近似公园的地方里面有一幢房子，它似乎是盖在一块人造的高地上，由一道墙围着，但由于房子确实很高的缘故，这也许是错觉。不管怎么说我画了下来，就在它再过去的那个村落我获悉有关房子的主人那有点古怪的事情。

我走进一幢房子，吃我第三顿面包加酒的饭并打算充实我的瓶子，年老的主妇是个厚道的人，告诉我恰好没有酒卖。"不过，"她说，"住在那幢大房子里的某某先生卖酒给任何想买的人，哪怕量顶小。您看到他的棚屋就在大路边。"

样样事情照她说的那样发生。我来到公园墙边的棚屋，里面放着几块搭成有几分像柜台模样的木板，还有几个大酒桶和两个男人，一个穿着围裙跑堂，另一个在一个分隔的小间里写东西。我有几分腼腆地要求打一夸脱酒，但那个穿围裙的人以最认真的态度把我的瓶子灌满，要我付四便士。

他愿意交谈，告诉我许多事情：酒的好年成；他们的行业的性质；月亮的盈缺对酿酒的影响；塞子的重要性，如此等等。可是待我试图从他那里套出房主是古怪的隐姓埋名的绅士，还是既想赚小钱也想赚大钱的商人这一秘密时，却无法让他理解我的意思。因为他对等级的观念跟我的看法完全不同，不考虑悠闲、奢华、犯傻这类因素而完全根据金钱和衣着来决定。再说，我俩都是共和派，所以这问题无关紧要，我们客气地互打招呼后分手，他继续卖他的酒，我继续蹒跚地走上去罗马之路。现在有一点吃力，因为我的包袱由于一夸脱酒而加重，你大概知道那几乎相当于两磅半的重量。

这时候已近十一点，我早就到达这个阶段：有几种人开始大谈什么坚持不懈的决心啦，斗牛狗的勇气啦，岛国民族的顽强精神啦，等等。而那些能吹嘘有一点神圣的法兰西血统的人则是处在顽固的绝望心情之下(两者都不停止前进，能动性差不多一样)。我是说我早就到达精疲力竭的程度，想到我需要在正午吃一顿地道的美餐了。但一看地图我就发现没有什么地方比有界石标志出来的这个城市夏尔姆斯更近，同时这也是我进入沃斯盖省首先到达的地方。

要描写劳倦和僵直的旅人在艰难的任务将近终结时所采取的应付办法未免太长，比方说他们如何在心中盘算把路途长度划分为若干段，他们如何计数，他们如何开始用心算的办法解决问题，我全都试过。然后我想出一个新招，它确实妙，我把它推荐给全世界。那就是改变路程，忽然时而通过田间，时而走河道，只不过必要时也走公路。这最后的阶段非常适合这一方法。河谷已变得比过去任何一段更像一条宽阔的浅沟，两边的山冈低矮而均匀。河谷的中间部分是流动的河、运河及大路，运河与路当中隔着一片田野，时宽时窄。

首先在纤道上，然后在大路，然后在草地，然后又回到行道上，我穿过了进入夏尔姆斯那最后的热烘烘的几英里路。它位于一座较高的峰峦的山麓，当我拖着脚步踏上它的街道，正午的钟声刚好响起。

夏尔姆斯令人高兴的是它的名称①。我沿着尘土飞扬的道路走完最后几英里路程时，确实一直在想：一个城市竟然被称为“迷人的地方”该有什么来头。

它并不名副其实，也没有把它被遗忘的儿女认为如此美妙的古迹保存下来。在进午餐的时候有一个商人火气十足地告诉我它的出名主要是因为酿酒业，他认为这没什么了不起。然而在夏尔姆斯我还是发现了一幢奇妙的文艺复兴时代的房子。

我从夏尔姆斯的小饭店出来时，天热得比先前更加厉害，想到在这样的情况下往前走将更难忍受。我垂着头，慢

① Charmes 原意为妩媚动人的地方。

慢地走着，勇气不足，以胡思乱想自娱，那真是救命的天使。我急切地留心寻觅树林，但只见到长长的粉刷过的墙在太阳下看得人眼花，或者要是有树林它们也用木栏围着，那是主人筑的。但为时不久我就发现一片灌木林（我对诱惑屈服了）。

那是在大路的左方，小小的峡谷里有一条小河流过它，灌木林在桦树下长得挺稠密，再过去，在跟它邻接的平原上，是在一块田地里收割的农民。我心满意足地走进去一直睡到黄昏。这是我第三回睡觉，然后由于在薄暮前吹来的凉爽的清风使我精神恢复，我起身重又上路，但我知道自己无法走远。

现在我走过旅程的第四十英里，虽然热浪已经消退，可是酣眠遗下许多后患。我的手足僵硬不得不跛行，我渴望有个旅伴交谈，而不是独自行走在那片开阔的平原（但除非往回走，那是不可能的）。在以后长时间内没有地方可供休息。下一个重要的村镇是塞昂，人称它为“沃斯盖的塞昂”，它接近大山，因此我吃力地一英里一英里缓慢地走到那里去。

然而我的心情很沉重。首先我瘸着脚，继而左膝突然受到疼痛的折磨。我试图通过让重心压在右腿的办法减轻痛苦，这么一来找到了一条医学上的独一无二的新定理，我想把这定理介绍给科学家。尽管这些了不起的人物已着手对大脑内的旋转陀螺进行研究以找出灵魂在哪里，让他们考虑这个问题更为实际得多，那就是你无法缓解肢体一边的疼痛，除非把它赶到另一边，所以我以右膝的剧痛去交换左膝的刺痛。我在一座桥上坐下来，不知道如何是好。我看到前面成百成百的里程，痛得难忍，累得不行，我问老天爷，这对旅行是否必不可少（但如同你必然能听到的，旅行并不完全受肉体规律支配，因为我来到爱比纳尔后走进一家商店，不管它对外行显得如何，对我则似乎是一家药店，我买了一瓶叫“镇痛剂”的药，用它擦一擦，立即治好了）。

我从桥上越过平原一眼望去，看到离铁路老远的地方，塞昂这个丑陋的工厂集中的乡镇。最后我到达那里，注意到有居民正在家门口折树枝，孩子们闹闹嚷嚷地帮着把枝干在地上扦牢。他们告诉我这是为了迎接圣体节[1]到来，这就向我证明，宗教像河谷这般古老，会比住在这里的人的生命更持久。即使在这样一个由一家大洗衣店、一排排现代的工业公寓房组成的地方，全体居民都伸出绿枝欢迎圣礼和教士的行列。这是对城市知识界笔下可悲的废话的明显反驳——尽管我知道那是废话，然而却使我的心灵失去光泽。我从这里的居民的表现得到慰藉，高兴地踏进一家小旅馆，又吃又喝，同时赞美上帝，然后在一张大床上躺下来睡觉，我把我的祈祷跟做平常事情的坚定意愿结合起来，例如夜

① 天主教的节日，圣体指耶稣的遗体。

行,也不去追求这个尘世任何别的虚荣。接下来,因为扔掉一切应该如何进行旅行的理论,打破五六个誓言,我一觉睡得平平稳稳,直到早晨过去一半。我用二十五小时走了五十英里,如果你设想这一速度是一小时两英里,那你准有非常符合数学原理的头脑,可是却对生活的实际情况知道不多。我醒来对着晴朗的晨光和傲慢的太阳打开百叶窗,喝我的咖啡,再度出发走向爱比纳尔,几英里外的一个中心点——高兴地看到我的影子短了,可是道路对双脚和两眼却是这么炽热。我说:"这起码证明我像全世界其他人一样,还是能在白天长途步行。"

到大要塞不过两小时。不多久我就经过一座炮台。这时一名小尉骑马过去,他的传令兵跟在后面。路旁竖立着炮台,深陷入地的闸门——沉着冷静的唯一暗示——在这里我头一回听到号角声,然后我走进长街,决心考察一下爱比纳尔,把一切匆忙和愚蠢搁在一边。

山区的城镇

爱比纳尔有许多奇妙的事物。例如，它曾经一目了然，像巴黎和麦伦，以及其他的高卢人据点一样，是一座岛城。因为法国的河流中有许多长长的可以住人的岛屿，这些岛或洲一度是部落的聚居地。后来又在环城的高山上建筑堡垒，使它比图尔更坚固；尽管爱比纳尔刚好是位于山开始升到非常之高的地点。再有，它是山区的首府，这一特点每每为一个城市增添某种特殊而又给人留下深刻印象的东西，你不妨观察它对格列诺布尔、小巧的阿布森，或在较小的程度上，对日内瓦的影响。

三种十分不同的人汇合在这样的城镇。首先是历史悠久的平原人，他们瞧不起高地人，认为他们自己出身尊贵得多而更文明，这些人是自由民。然后是农民与伐木工，他们从山乡进入市场，对平原人满怀疑虑，可是为从属于一个有一位主教和平整的街道的真正的城市而感到骄傲。最后是旅行者，他们来到这里为了欣赏崇山峻岭，把这里当作他们旅游的基地，这些人喜爱山区人，认为后者理解他们，他们瞧不起平原人，因为平原人中产阶级气味太重，凌驾在山区人之上，但事实上这个第三阶级，因为是外来者，同样被另外两种人讨厌和蔑视，有一股联合势力反对他们，使他们受到孤立。

爱比纳尔还有种种其他的事物使之显得奇妙，但没有什么比它的大教堂更令人叹为观止。

我揣测中世纪勃艮第和洛林的大公们，佛兰德斯的富豪们和卢森堡王室等人，往世界的中心罗马朝觐时，每每经过这个莫塞尔河谷（我说过它是一条通向罗马的大道），中途会在爱比纳尔停留，有时向它的教堂捐献金钱。结果，这座教堂属于每个可以想象得到的时期，是用二十种风格建造的，但从整体来看，它成为一项过去的种种形式的记录屹立在那里，而且当正在变化的人心试图膜拜用石头雕刻成的纪念物时，它还使人心得到满足。它的厅堂[①]不过是一间粗石建成的正方形库房，我以为，比查理曼大帝[②]的还要古老，而且没有装饰。在它较低的墙层，我想甚至见到了罗马时代的砖。它一度有两个塔楼，北面的和南面的；南面的已毁坏，有一个木顶，北面的还留存，不过只是一个小尖塔，容

---

① 十字形教堂正堂的两翼。

② 查理曼大帝(742？-814)法兰克国王，后为西罗马帝国皇帝。

不下一口钟。

然后它东端的半圆室，纯粹是十四世纪美丽的哥特式风格。窗户非常高，有凹槽，像孤独的祈祷者。回廊完全是近代的建筑，也是哥特式。再者，这个半圆室和走廊并不跟厅堂成直角而是歪斜的，这是小教堂常见的式样，但肯定在较大的教堂中是罕见的。西门是纯粹的罗马式，有拜占庭式的装饰，有一扇大而深的圆形门。与之相配的是一扇北门，深处是一排一排的内拱顶，雕满了圣徒、天使、魔鬼和花卉；这也不是直线形的，那拱顶盖得如同你见到的铁道桥，它们在跨越道路时会成一个角度。最后，还有一座中央塔楼，它既非哥特式，也非罗马式，而是一个纯粹意大利式的凉廊[①]，窗户是圆形的，代替所有的墙，极为漂亮，通风良好，有平坦的楼顶和楼檐。有人径直从南面而来准会拿它作为流浪回忆中的纪念。

仓库式的厅堂是用摇摇欲坠的古老灰色石头建成的，罗马式的门廊则用的是红色石头，像斯特拉斯堡的大教堂，哥特式的半圆室是古老的白石造的，如我们英国的大教堂，近代的回廊材料是开采不久的纯粹的白石，因此这个令人惊讶的建筑物在颜色和形状方面是既混合在一起又各不相

① 凉廊（1oggia）一种嵌入墙内的阳台，仅一面开放，面向花园，由意大利人创设。

同的。

我以东北方的市集作为视点把它画出来，简图立即显示出许多对比,你必须原谅这幅素描的不稳定性,因为我尽可能平稳地坐在一辆装苹果的车上,把画册放在苹果上画,这里没有别的桌子可用了。卖苹果的不管我这种条件,相反倒提出赞扬的意见,他这么说:

“棒极了！您抓住了半圆室的角度……现在行了,把柱子的边缘画得黑一些……我怕您把塔楼画得有点乱。”等等。

我表示要买他的少许苹果,但他送给我三个而不收钱。由于我携带不便,后来我把苹果送给了一个小孩。

爱比纳尔的居民不把我看成旅行者而单纯就是一个流浪的穷人。他们对我和蔼可亲,他们对我最好的情谊就是治好了我的瘸腿。因为,我在离开市区时看见一家药房,我对药剂师说:

“我的膝盖肿起来了,痛得厉害,可是我还要走远路。也许您能告诉我如何治疗,要不,卖给我一点能治病的药。”

“再没有比这更容易的事了。”他说,“我这里有一种特效药,是针对您的毛病的。”

说罢，他拿出一个圆形的瓶子，上面贴了一张大字标签:镇痛剂。

“您只要用我这种药水长时间使劲擦您的膝盖。”他说,“包您治好。”他也没有交代使用时任何需要特殊注意的问题。

一切照他所说的情况发生。离城不远的上游处，我在一道矮墙上坐下来，用镇痛剂把我的膝盖使劲擦了许久，疼痛顿时消失。我怀着一颗为这一奇迹重新鼓舞起来的心，再次踏上旅途，步伐开始加速，大步流星地走向罗马。

莫塞尔河在爱比纳尔的上游拐了一个向外的弯，我似乎看得到下一个村子（名叫阿雪特），不循着河绕山的曲线走，若径直过山路程要短许多。这个错误是因为您私下的判断而忽视传统，老办法是走靠河的大道，因为通过一条直通阿雪特的隧道会缩短距离，而攀越高山，穿过没有路径的森林是一件蠢事。

首先我越过开阔、成斜坡的农田，在河谷上游约数百英尺处越过一条小小的运河。它属于一个修筑得非常好的水利系统，后来我将其介绍给英国上威河沿岸土地的拥有者，他们非常需要这种工程。运河从莫塞尔河取水（它在这里开阔而汹涌，逐步下落，带着细小的漩涡和急流，在石底的河床上流走），人们引导它用均匀的速度流过去，可以说，是把河的不均匀的落差平均了。以这种方式形成一条不断的小河流过农田，不然的话，农田将变成干旱不毛之地，但这样一来，它们会得到灌溉而成为极好的牧场。

在农田上方森林斜着生长上去。我还没有走过两百码进入它的浓荫和草木混长的地段就发觉迷路了。必须听从我唯一的向导，径直走上那倾斜最大的地方，因为那至少可以带我到某个山顶，说不定可鸟瞰河谷的全貌；但假如我试以山肩为目标，我也许要流浪到夜晚。

那是在科罗拉多的一个叫古里坎特的山谷中一位老人教我的，倘若上山时迷路，立刻沿着最陡的路线攀登，但下山时迷路，就要仔细听水声，到达水边后，按水流的方向走。我希望有篇幅谈谈这位老人的一切故事。他在那里的野外款待我。他是新英格兰人，而且孤身一人，他花了一大笔钱购买了一个八音盒以娱乐自己。他为之非常骄傲，尽管八音盒一共只奏四支曲调，全是圣歌，可是在他和我聆听时，他热泪盈眶，我的眼睛也湿润起来，因为曲调使他想起了他的故园。但我除了简单提到他一下就没有时间了，不得不回到我的森林去。

于是我爬过滑溜的松针，这些树木下方的风吹拂着我，树林里充满下午朦胧斜照的阳光，直到接近山顶我才发现一块空地，这里我立刻认出是一条军用大路，通向一座我们过去习惯称作“假炮台”的建筑。就是说，一个有炮眼的地下掩体，里面可以安放火炮，但实际并没有放。自法国人设法生产一种机动的重炮以来，他们就在固定的堡垒之间筑起一定数量这样的辅助工事。这些掩体不需要安置固定的火炮，因为可以随情势的需要，时而使用一个这样的掩体，时而用另一个，好处是你的火炮永远是有用的，总是可以运到需要的地方,因此六门大炮比过去二十门的作用还大。

这座假炮台是在山脊上,我到达那里时,下望山坡,越过掩蔽铁丝网的灌木林,看到整个莫塞尔河谷在我脚下。

因为这是第一座真正的高峰,所以这也是我旅途上遇到的头一处真正壮观的美景。我长时间坐在斜阳下仔细观察我看到的一切,一笔一笔细心地画出来。阿雪特,就在下方,平坦的河谷中河流蜿蜒曲折地流过去;一排排笔直的白杨树;山上苍翠的松树;环形的高山更为挺突地延伸向远方,直到我看见远在东南方的最后一座,那准是阿尔萨斯省的巴隆山,即莫塞尔河的源头——标志着我的旅程的第一阶段的圆满结束,它也俯瞰着瑞士。

这确实是步行向一个遥远的地方的独特的优点,尤其是直线走向那里,从高山的山顶你就能看到这些美景。

那些坐火车的人必然封闭在漫长的河谷,有时甚至在高山之中。即使骑自行车或驾驶汽车也难得见到这些景致,更不用说连绵不断的奇观,因为大路一般避免爬山越岭,除非有必要迫使它如此,如经过某些关隘。只有照直线前进你才经过一个又一个山岭,看到一路进入眼帘的全景。

我下山走向阿雪特,差不多是在头一幢房子处看到挂着一块摆动的牌子,上面写着"请看沃斯盖鲑鱼[①]"的招牌,

---

① 小饭店的招牌。

由于已经是傍晚我转身进去吃饭。

我坐下来进餐,立刻注意到两件事:首先,坐在小饭店餐桌旁的顾客是中产阶级社会人士;其次,虽然我属于他们这个阶层,却妨碍他们的享受。因为我在树林中睡觉,在照花眼睛的烈日下走了很久,以滑下一个陡峭的土坡而告终,所有这些都给人打下烙印,使我成为这帮人最不喜欢的人。

所以我考虑应该如何在这些人面前摆正我的位置。在我坐下时我说:"请原谅我这副模样。我碰到了倒霉的事,因为在山中迷路,只好整晚睡在野外,也没法保持干净,主要是为了赶在夜深前取我的行李(那已经先存放在雷米尔蒙特了)。"

我极为注意地用支票付了饭前喝的一杯白酒的钱。我把我画的素描给我的邻位看,让他有一个好印象。我还谈论外国的政治;我看到过的一些国家的情况,尤其是英国,因为如此详细准确,他们的反感很快变为钦佩。

小饭馆的女主人精细而有礼貌,在所有方面试图满足客人的需要而过了头,他们在她有规律的攻势面前以惊人的机敏反攻。

比如她说:"也许大块熟肉上桌后现切,味道尝起来要好些,先生还是宁愿现切好吗?"

对这个问题,坐在我对面的一位银行家用深沉的声音说:"太太,我们喜欢另切的好。"

或者她把头探进饭厅说："我可以推荐我们特好的啤酒。那确实比本地的酒更受欢迎。"

我的邻座，一位旅游者，果断地回答："太太，我们觉得你的酒挺不错。不能再好了。但是我们不太需要。"

她一个问题也说服不了他们。我非常同情她。为了安慰她，从她手上买了面包和酒，让她多要了钱，然后我带着她的祝福走进夕照里，接着是中产阶级朋友们的告别，他们这时正在户外小餐桌旁喝咖啡。

紧接着我踏上去雷米尔蒙特的大路。夜色深浓。我在深夜到达雷米尔蒙特，觉得一点睡意都没有，我向河谷上方的大松树林下推进，最后转入一条旁径，在一片树丛下安顿下来，我想有它们遮蔽能暖和些，躺下来可一觉睡到天亮。但是跟原来设想的适得其反，我在松脂的香气中和松针铺好的平整地毯上睁眼躺着有整整一小时，穿过黑暗的枝杈眺望残月，它刚刚升起，我思索睡在松树下是否合适。

我想，山毛榉是一种适合在下面睡觉的树木，因为树下什么也不生长，永远会有干燥的落在地上的山毛榉实；紫杉若长得不那么矮也挺合适，但总而言之，松树是最好的。我还考虑最不适宜睡在下面的是尤拔斯树[①]。这些想法都差不多近乎无聊，但结果虽然我没有睡意，可还是睡着了。离天

---

① 生长在瓜畦的一种有毒树木，即见血封喉树。

亮还早，明月在天，疏星暗淡，我由于冷得打战而醒来。

这里是松树下一个温暖的地方，我可以极为舒服地躺在松针上，它们仍旧保留着白天的热气，是喜爱均匀温度的地下动物的一床褥子——一个疲倦的旅人的最好的地板。甚至在残月下吹拂的微风也是温暖的，星星苍白而不明亮，仿佛样样东西都充满爱意。我知道这个夜晚是短暂的，一个仲夏夜，我在安睡之前就又把它过完一半。可是，我说过，我打着冷战醒来，闷闷不乐，需要旅伴陪同。我推开高高的蔓草，全身给露水打湿，寻路穿过大道直到河边，我到达时黎明已开始占有东方。

我站在一个有利的地方好久，就在种有树木的河岸上方，守望着白天的来临，因为每一线光明缓慢的增加都将许诺将有食物支持我。

淡淡的闪烁不定的光亮，与其说好像穿过空气闪耀，不如说是它的一部分，从树林和田野和我上方的高坡吸尽一切色彩，使它们成为灰色和深灰色的扁平物。靠近我的树林是一副黑色轮廓像，漆黑，一动不动，衬托着远处的东方更为鲜明。河流雪白、静止，连一点雾气也不冒，但从更远处的牧场升起一片薄雾，把顺着山侧的一切都抹平了，结果山从雾中挺拔而出，底部朦胧不清，上部衬着发亮的天空，轮廓清晰，愈是远处，它们的造型在晨曦中愈加突出。这一切的最遥远的边缘把晨光迎来了。

我纹丝不动地注视这一奇观足有半小时，我从它吸取力量如同一个人从饮食吸取营养。当我挪动身体看看周围时，辨认小树小草已变得容易了，一两只鸟儿开始间断地在灌木中唧唧地鸣叫，一阵白昼的轻风从河谷上吹来搅乱了寂静。月亮在天空的衬托下了无生气，星星失去了踪影。在庄严的心情下我重新走上大路，转身面对河流近处的源头。

随着艰难地走过每一英里，我看到我正在接近跟我结伴同行的莫塞尔河的终点，它已成为我的艰险旅程头一阶段最后八十英里的一部分。它现在是一条小河了，在群山之中，水势变幻莫测，虽然部分地段依然平静徐缓。还不可避免地出现伴随着与世隔绝的幽谷与河水的源头而产生的情况，我指的是山道崎岖难行和山里人顽强的抗争：他们用石头盖农舍和开辟远离大路的孤寂的小道。

山逐渐增高，更接近河岸的平原，在峡谷上我不时地看到一座年代久远和建造粗率的桥，远处有一栋全用牢固的石头盖的农舍，成为群山不可分割的部分。然后这里那里在山上出现的孤零零的小教堂，在天主教国家小教堂是高山与河谷终点的标志。为何会如此，我说不上来。有时候你还会在森林中发现它们，尤其在海岸较小的港湾入口处，如我说过的，这里在河谷上游的大山中。这类圣祠也举行弥撒但很少见，有时因特殊纪念不过一年一回。其余时间内它们是空空的，有的较古老或简陋，不妨看作废墟。它们在每个地方都标志着某种强烈的祈求、感谢，或敬仰的感情，它们把这些荒野的地方固定在自己的过去，使它们在人群中所缺乏的记忆得到弥补。

我在大路跨越河流的地方吃我酒和面包的早餐，然后我决心喝一点热咖啡。前面有个村子叫路卜特，意思为“裂口”（因为在山腰有一个大裂口），往前走在那里我喝到了咖啡。

但在路卜特，使我惊讶的是，那里的人没有人普遍都有的直觉。我对在格子棚架下给我倒咖啡的老头说（这时已完全是早晨了，太阳升得老高，朵朵白云高高飘浮在山顶上空）：“老大爷，这山你们怎么称呼？”我一边指着那引人注目的刚好垂直地位于林子上方的山和山峰。

他说：“那叫在路卜特上方的山。”

“没错，当然。”我说，“不过它的名称是什么？”

“那就是它的名称。”他回答。

他非常正确。因为我查阅我的地图，印的是：路卜特上方的山。我想假如这成为普遍的命名方式，那多没有意思，如同人称泰晤士河为“伦敦河”。但考虑到这一妙法只被这么一个寒碜的村子使用，我就把自己从忧虑中解脱出来，把这种难办的事交给殖民地去解决，重新走我的路。

河谷上游的这一角落是个花园。花园四面都挡着风，尽头处由阿尔萨斯的巴隆山封闭，底部平坦均匀，这里有青草和牧场，一团团的树到处生长，好像是栽种出来那样让人赏心悦目。

什么力量也无法从河流发源地拿走它们的偏僻和安详。以后影响平原的种种因素在这里得到培养和照料，仿佛在一个果园里一般。于是整个一个富饶的河谷以及它堂皇的乡村城镇的未来生活由此决定。这些地方有某种力量防止外来的势力进入和破坏它们。它们不愿容纳新的居民点，农民除外。它们的河溪太有活力不容易驾驭，山冈禁止跟邻居方便地交往。我发现全世界的河源都是静谧而满足的安全的地方。由于它们自身都处于一种朝气蓬勃的状态，所有这类河流的最初的源头最后必然产生——我指的是特殊的建筑方式和一种独立的生存状态，一种地方的风气和一种历史的传统，因为河流永远是不同地区的形成者——所以它们给一个地方带来极度的青春活力，所以世界各地河流上游的幽谷使人充满童年时代的单纯精神。

莫塞尔河河源

坐在大道的斜坡上画我眼前的景物是一种乐趣。莫塞尔河温柔的流水悄悄流经农田,这里的田野是平坦匀整的,没有树篱隔开。它的两岸具有大自然模仿人类艺术的奇异效果,这里的风光像是一个公园,河流曲折地穿过,充满一种天真无邪的美,它哺育着树木而又受到树木的保护。

在这幅景色上有某种创作仅仅开了一个头的意味,在我画它的时候,像一件礼物似的,它给了我那种最初的生活经验的清新感,使我充满好多对春天的回忆。我对河流的诞生、它们如何成为各种人物,而且有一个名称——成为君王,变得坚强有力,统治伟大的国家,最后又如何归于大海进行沉思。

当我思考着这些事情时,我的脑海中就会出现一幅这个河谷和居民群集在这条家乡的河流周围的情景,以及它最后广袤的两岸平原和这一切再往前的大海的白线。这时一个女人从我身旁经过。她长得挺丑,身穿黑衣。她的衣服硬挺发亮，我猜想，这挺值钱的。她手里拿着一本书，法国人都知道是《罗马教区居民手册》，那是一本祈祷书。她的头发掩盖在一顶硬挺的便帽或有带子的女帽下。她走得挺快，眼睛看着地上。我见到这种情况，它突然提醒我，我不敬地喊道，“见鬼！是圣体节吧，我出来第三天了，要是我最后参加不了弥撒，那可是一次不祥的旅行。”因为我头一天睡在林子里，错过了弥撒时间，第二天（假如你记得）我是在床上睡的。但这第三天会举行庆祝典礼。我一定得参加弥撒，这个女人匆匆赶往下一个村子，说明我还不太迟。

所以我急忙跟在她后面，来到那个村庄，我走进教堂，那里已经挤满了人。弥撒声音低而简短，参加者都是信基督教的民众而非犹太人，我出来时通过一条由小树形成的林荫道，家家户户门口插着大树枝迎接正午举行的列队行进仪式。在街尾有一家小饭店，我进去用餐，发现里面还有一个人，我看他像是一个商店老板，我决心谈谈政治，我俩对话进行如下：

“您的家乡有反犹情绪吗？”

“这里不是我的家乡。”他说，“但有反犹情绪。反犹势力不小。”

“那是什么缘故呢？”我问，“你们这个镇上有多少犹太人？”

他说七个。

“可是，”我说，“七户犹太人家——”

“不是七户人家，”他打断，“而是总共七个犹太人。只有两户人家，我把孩子也算在内。用人是基督徒。”

“噢，”我说，“在边境那边来的犹太人家雇用本地的基督教徒服侍他们，听他们的吩咐，这合法合理。但我打算说的是这么少的犹太人我觉得不足以让本地人煽起反犹情绪。他们的意见怎么会蔓延开去呢？”

“是这样，”他回答，“您听我说，犹太人嘲笑我们的年轻人搞这类天主教的迷信。我们的青年于是就去诘问，经说服觉得那不合理，承认嘲笑正确，但私底下对暴露他们的愚蠢的人产生憎恨情绪。因此他们对犹太人怀有长期的怨恨。”

他向我就山区政治的这一部分做出如此简单的分析，短暂沉默后又补充如下值得注意的意见：

“至于我，我是个自由主义者，愿意各行其是：天主教徒去做他的弥撒，犹太人去做他的祭祀。”

然后我用完餐后起身，招呼过他，一路沉思着踏上去河源的大路，考虑在这个偏僻山区小镇犹太人能祭祀什么，但是我怎么也想象不出来，尽管我的朋友中有好多犹太人。

现在我到达了这个可爱的河谷的源头，莫塞尔河的发源地和巍峨的巴隆山山麓，它像一堵在巷尾的墙把河封闭起来，山在河的两岸变得愈来愈高，河谷的底部愈来愈窄，水流量则不那么充足。在我面前挺立着沼泽化的山坡和大片大片的松树林，把南行的通道堵塞住了。往上穿过这些沼泽地和林边开辟出来的主要大路,曲折地,一英里又一英里,坡度均匀地直达山顶。巴隆山的形状使莫塞尔河河谷不可能和别文福特山峡沟通,除非经由正好越过山顶的小路。巴隆山是一座山嘴多如繁星的高山,如果这类高山刚好堵住了河谷的去向,那么往前通向河谷外界的道路必须越过它的最高点,因为经过山口或山肩的道路到在山外的地区会涉及又一次登攀。

在越过一条山脉时,通常可能找到一个适合登越它的最低点,山顶的道路是罕见的,不过倘若你真的找到,那就是最好的途径了,因为它们提供一个平常通过山隘的道路绝不能提供的视点(也就是说,在山顶):一个一览众山的机会。从它们的顶峰展望整个世界,你觉得你的旅行是惊险的,你的前进是从一个地区及其人民走向另一个地区及其人民那种明确、不平凡的步伐。

我不愿为这条大路扩大的曲折迂回的路线所限,它本来是为炮队利用平缓的坡度攀升而修筑的。我沿着眼前的谷底前行,利用一条径直向上的小径,穿过森林前进,在小径不通时,我的道路由一条电报线标示,越山通往别尔福特。随着我的攀升,森林愈来愈宏伟,松枝下垂,在摆动时负担更为沉重,姿态更为庄严,树木带有肃穆的神气,而对我的整个队伍——因为这里树林排成一条均匀的行列,像一支停止行军的部队——似乎特殊而庞大。没有什么比这些老树下面深浓的黑暗和天空中光影的变幻更有助于加深这种令人惊叹的印象的了,这引导我进入这座宏大静寂,弥漫着松脂香气的庙堂的正是这种变化的天光。大朵大朵的浮云,由于负荷着雨点,你原以为它们比山要低,然而刚好不高于山顶,飘过来如倒塌的屋顶笼罩着我,集拢在我周围;白天的炎热在它们的荫翳下突然消逝:那仿佛夏天忽然过去,或者这些高山要求有它们自己的不确定的夏天,用它们高处的寒冷把日光压倒。一股微风沿着草地吹过来又消失。当我到达第一批树木的阴影中时,雨正好落下来。

森林内部的寂静由于极少数的雨点从笔直和纠结的粗枝上滴落下来而更突出,我不知道它们在我头上有多高。低垂的天空被树枝形成的顶篷所遮掩,林中的昏暗由于天空的半明半暗而更加深浓。高度、静谧和一种期待的心情限制着我记忆中对这个地方的印象,我在高耸的树干之间默默地走过去,仿佛是从夜晚通过一种薄暮的光景往前达到更前方的一种接近夜晚的状态。四面八方这些光秃秃的数不清的树干,每一根都按次序分开站立,紫色而有芳香,透视起来则融合成为远远的许多幽深之所,那里一切亮光都消失了,可是随着我前进,昏暗的微光依然包围着我,同时水珠的滴声表现出寂静,在我脚下是松针平整的地毯,它使每个细小的声音都显得抑闷而遥远。倘若这些树木不是比我们自己的存在更了不起得多,更持久得多的话,倘若它们不是以它们的尊重使我十分感动,我本来是会害怕的。

我屏住呼吸往上推进，觉得如同一个在暗夜行走的人紧张地倾听每一个动静，自己是在一群暗藏的伙伴中。

当我到达这个仿佛有幽灵出没的森林边缘时，它突然戛然而止了，如同它突然开始一样。我把这样一支树木的队伍留在后面，它们排成了一线。这里离山麓有几千英尺，我看到我面前形如圆丘的山顶，它形状美观地伸向天空，那是一大片草场。这时已是黄昏，仿佛高大的树木已经收回对我发生的作用，我突然感到身体的疲倦。在我攀登最后的几百英尺时双脚几乎不能支持了。滚动的浮云被从下方射来的黄昏均匀的光线所照亮，在它们下面我朝下看到了在我脚下汇合起来的三个国家[①]。

巴隆山是欧洲打的一个结，从这一沃斯盖省的起点和终点你俯瞰欧洲三部分人。你的右方是高卢人[②]，我不是指混血的洛林人，他们沉默寡言，是列于最好的人民当中，我指的是真正的高卢民族，他们热情、爽快，生在平原和葡萄园里。他们站在萨恩河两岸古老的壕沟内，打起仗来，时不时有一种精神敦促他们，他们离开家乡向东去征服那些日耳曼国家[③]，以至亚洲[④]，或南下地中海的半岛，然后把这一

① 指法国、德国和瑞士。
② 高卢人为法国人的祖先，即指法国人。
③ 指拿破仑的胜利。
④ 指十字军东征。

切吸收,像回归大海的潮水,并没有别的成就,只不过完成一首史诗。

然后在左方你看到全部日耳曼国家,一大批混乱而喜欢梦想的人民,迷失在哲学和音乐创作中,在一种外来强硬的压力下暂时冻结起来,但总有一天会解冻,给我们这些非本族人一个答复。他们没有幻想。

然后在你面对的南面和东面,如果你是朝罗马前进的话,会遇见高地人,我从没有在他们当中待过,但是我总有一天会见到他们的;我们都以为这个高山区的种族是敌人,他们径直从大西洋到太平洋横越世界,他们彼此了解,可不被我们所理解。我看到过他们的头一道防御墙,人称为尤拉的那道山脉横陈在天边。我头上那大片浮云依然在翻滚,下面受到黄昏光芒的照射。

我厌倦了这浩大的天地,觉得双脚现在跛得更加厉害,我忍受一阵阵剧痛,拖拉着走下山坡,向大路走去。我看见就在我下面普鲁士人边境的石块,在它们中间出现一栋小屋,我朝它走去。

那是一家小饭店。门自动开着,我发现里面有一个令人愉快的妇女,但她蹙着眉头。她有三个女儿,全都很有力气,她正在用瓦尔萨斯德语斥骂她们,使唤她们冲刷擦洗。在她头上的墙头挂着一块大标语牌,我非常机敏地念出来上面的文字,我以冷淡的态度等待着,直到她恢复了她家庭的秩序。那块大牌子用三种颜色的框架框着，这些色彩一度给受压迫者带来小小的希望，在它的上部用宽大的黑体字写着："自由、博爱、平等的法律"。底下是一只象征性的雄鸡，我把它看作代表法国，再下面则是用巨大的斜体字印着——

当这只雄鸡在这里报晓
你要对它加以信任

这句话的意思是——

当你听它打鸣，
那是欠账的时候。
到那一天——
还。

在我对法国人民的这一缩影依然不解的同时，又试图把法国的军事传统和在经济上的坚韧性结合起来；在我也高兴地记得放在我口袋里小皮钱包内的硬币的同时，那个勤劳诚实、敬畏上帝、统治着这栋离边境不到一码，在这座高山顶上的小屋和三个女儿的女人，已经把她的整个部队排成一列，有时间来照顾我了。她干起这件事来极为有礼貌，虽然就她的民族性来说是冷淡的，通过她的礼貌表现出一种感觉，即条顿人所谓的义务，这曾经一度使我反感厌恶,不过我已经漫游过这世界的大部分,我现在知道这是一种受到歪曲的德行。

她跟莫塞尔河山岭那一方的优势部族是不同的另一类人，然而她也是个天主教徒——她为圣体节插了一棵小树在门口,瞧,宗教是怎么回事,它使完全不同的民族互相了解。我看到那棵树就确切地知道我站在什么地方。所以我们全体欧洲人一度相互了解，但现在我们被各国和各阶级最坏的恶意分开。一个人爱他自己的国家不如恨他的邻居那么强烈，不过即使在骑士制度晚期也夹杂着可恨的对穷人的恩赐态度。然而我是在说——她也是个天主教徒,我知道自己是跟朋友在一起。况且她不完全是。要我怎么说呢?凯尔特词语和拉丁词语的区别并没有什么意义——那种喜欢高雅风度的人,她的好心使她大声说:

“您要来点什么?”

“我要一个床位。”我说,一边摸出一个银币,“我必须马上躺下去休息。”

接着我补充道:“您能做点煎蛋饼吗?”

她盯视着我,一边慢慢地摇头,用带德语腔的生硬的法语说:“床位是一法郎。”

“小妈妈,”我回答,“我的意思是我会一直睡到头,什么时候醒来才算。因为我从老远的地方来,上一觉是在林子里睡的。但我醒后要吃东西，”我一边摸出另一个硬币，补充说，“伙食费，不论您要多少我都照付，我难得碰上更合意的旅店。我知道大多数人日落前是不上床睡觉的，不过我累得不行了。”

她更加和善地领着我去看床位，等我一觉醒来，早已暮色深浓。她把村野简陋的火腿炒蛋送到我的房间，我吃完黑面包后做祷告。

然后（我的酒还没喝完，在别人家里喝自己的酒是糟糕的事）我问有没有喝的东西。

“您想喝什么？”她问。

“您有什么？”我说。

“啤酒。”她说。

“还有什么别的吗？”我说。

“没有了。”她说。

“哦，那么，给我来点那种最好的啤酒吧。”

我挺高兴地喝完酒，又把一切账目付清（相当于一个雇工的工钱），然后向她们道一声晚安再见。

在道晚安时，她们有一套礼节，因为她们一齐起身，再行屈膝礼。用我的灵魂担保，我相信她们是世上最难得的高尚的人，我实在惭愧地鞠了一躬，因为有一时我自以为比她们优秀。然后我去睡我的觉，她们睡她们的。风在怒号，我的靴子硬如木头，我简直没法脱下来。我的脚成了牺牲品，我怀疑明天一早我还能不能走路。然而我由于这一家子的德行而感到全身安宁，立刻就睡着了。下一天太阳光华灿烂地升起在远方德国的群山之上，它的新光芒穿过白云顶上，在它们之间照射四方，犹如一个征服者用号角向高山的队伍发下指令，这时我强行套上靴子，离开饭店的大门。

户外在大风到来之后的早晨显得活泼而鲜明——差不多是料峭的，在辽阔但清明的天空之下，我开头是跛着走的，然后，随着我的血液温暖起来，我大步走过在前方山谷树林之间的小径，很快又循着一条从一道瀑布跳到另一道瀑布的溪涧而行，直到它引我到达大路，通向别尔福特，通向尤拉，通向我从不熟悉的瑞士，最后到达意大利。

但是在我回忆起那个隐蔽的山谷之前，我必须用地图描述一下前面引导我进入瑞士的那条大路的奇异特征。我正站在群山之间的那座山的山巅，它从四面八方升起而形成巴隆山，突然使沃斯盖山脉终结。在我面前，向南和向东是一片大平原，别尔福特堡在它的中间。军人们称这片平原为“别尔福特口”，它也是包括从地中海到佛兰德斯的法国地区边境上山峰的唯一裂口。在这片平原更远的一边是尤拉山脉，它像是瑞士北方的一道墙，前面是边境。尤拉山有一重重高高的石灰岩山脊，高达数千英尺，都是平行的，山与山之间的山谷深邃，深达几千英尺；过去再往前，在它们最后的险峭悬崖后则是埃尔河的平原。

现在,通往罗马的笔直的路线是从我站立的地方出发,径直越过别尔福特平原,再径直越过尤拉山,穿越埃尔河平原向西若干英里,到达河上一个叫索洛塞恩的城市。

不可能完全按那条路线走，但你可以大致循着大路下山，经过别尔福特到达瑞士的一座小城叫作彼伦特路依或波特鲁特——至此你是在这条直线上稍稍偏西一点。

通往瑞士之路

我完全按我计划的这个有大路、小道、需要攀登的岩石的综合路线而行,以便尽可能直接向目标罗马进军。倘若我不是这样计划而循大路走，那么我必然被迫迂回曲折地耽误很多天,因为尤拉的这些山脊几乎没有裂口,大路又不通向山顶，只循着同一方向的山谷，利用这里那里稀少的缺口,从一个通往另一个。

我漫步下山。有一条隐蔽的幽径,那是这类众多小道里的一条,使我少走许多漫长曲折的路程,它循着大裂缝中央的空隙,伴随着一条溪涧而下。一路好几英里,涧水一道瀑布接一道瀑布地倾泻,越过百米级岩石,流水的声音跟清新的空气混合,飞溅的水珠使垂悬的树枝负担加重。清晨不时地下一阵小雨,仿佛是瀑布喷射的飞沫,跟这种潮润和苍翠的环境以及周围的宁静配合，整个山谷都引起人涤尘去俗的满足感。通过树叶和青草走下去,找到坡下山麓可爱的牧场,在两山之间的一片窄窄的平地,那里可以休息。这里有居民的头一批房屋；一栋房子已经冒起早晨稀薄的炊烟，空气非常纯净而寒冷。整个多荫的山谷由于有溪水流过和潺潺的水声，以及亮晶晶的湿草和有水珠的树叶倒显得滋润有生机。细碎的云朵，高高地在那片平静的天空上，在高空飘动得极为轻盈迅速，时不时有细微如露的轻雨哺育着它；穿过那顷刻之间即过去的阵雨你能看得见阳光。

我享受在此处下山的乐趣，等结束时，眼前一切都改变了。前方的大路笔直并且有边界，它通往一大片旷野，偶尔会有一处小丘。沃斯盖省山区突然终止。房屋来得更密，因为不绝的栽种作物的农田、扁平的石板屋顶、刷得粉白的墙垣、灯光，我知道又到了法国的平原地带。我到达的头一个市镇是吉罗马格尼。

我在这里听到了钟声，我想我要去听弥撒。在教堂内我的注意力被为数众多的教士的场面所吸引，我感到十分纳闷，在吉罗马格尼这么一个小地方怎么会有这么多教士。接着在炎热的天气下，尽管早晨下过雨，依然尘土飞扬，而且步行在大路上非常吃力。我又听到号角声以及不那么昂扬的鼓声。

一路沿着边境从一个要塞走往另一个要塞是一桩使人心潮澎湃的事情。从图尔忙碌的整装出发，经过整个莫塞尔地区的和平宁静，河谷像一个绵长的花园，我首先到达炮兵驻地，然后是爱比纳尔之行，离开爱城后，算上在森林中默默地行经的许多许多英里，越过一座又一座高山峻岭，进入又一个平原，它通向另一个大海，我又听到了军人的喧嚷。回顾过去四天的行程，我觉得——差不多是亲眼见到——新的防御工事体系，掘壕而守的营地，每个营地都驻扎有一支部队，其间是没有设防的间隙。

我离别尔福特更近，看见炮队在一条岔道上小跑前进，稍后有一支不整齐的队伍，在我右方一大段距离外开拔，尘土与法国军队不可战胜的高昂士气交织在一起。阳光到处在步枪枪口和擦亮的弹药袋上闪光。沉重的装备使他们的步伐嚓嚓直响。他们一边走一边唱着歌。

我走过了远离市中心的碉堡，注意到靠近大路的一处工事；走完约莫一英里左右，进入漫长而难看的郊区，有轨电车线在这里开始。在那条路面铺筑过，火热而嘈杂的没有尽头的街道上，不少东倒西歪的房子当中，有一幢门面上写着几个字：

酒，关①或开

察看每一样新鲜事物，吸吮每一朵鲜花的花蜜，这是一条重大的规律，我没有认为这几个字古怪而不管它继续前

---

① 应为“封”，由于女主人的文化（或法语）水平误用“关”。

行,我定睛看着这房子,设想出上百种解释。我这辈子从没听说过酒分成关或开的。我决心取得又一次难得的经验,走进去,我发现一大批如同法国人盛水用的那种锡罐,没有盖,到顶部逐渐变细,约三英尺高;罐子上贴着大标签,上书“30”“40”“50”,罐子内盛满酒。我指着锡罐对一个妇女说:

“这就是你说的‘开’酒吗?”

“噢,没错。”她说,“你难道没看见那是打开的吗?”

这一点不假,它说明很多问题。我决心测验一下这一奇品,选择中等价格的,四便士一夸脱,我说:

“请给我来半便士——盛茶缸里。”

这个女人立刻照办,我喝了一口,酒挺可口。甜、清凉、有劲、提神,令人满意,充满酒商谈的那些优点,芬芳、醇和有风味。那是我听说过的一种非常美妙的佳酿。

我没有等着来讨论这个奇迹,而是作为这次旅途上早已给我的许多神秘的例子之一加以接受,以后还有更多。我自言自语:

“等我脱离这片大地,远离强有力和出色的法兰西共和国的统治,当我明天迷失在尤拉的群山中,就再不会有这样的好酒了。”

所以我买了一夸脱,紧紧塞住,放在我的旅行包里,储备着以防在尤拉山一侧没有卖酒的地方,那里没有军人,瑞士话[1]是通用的语言。然后我进入市中心。

烈日当空，近十一点我经过老桥进入市场区，我想在这里午餐。我看见工人在建一座跟老桥平行的新桥以取代前者。他们在别尔福特建桥的办法是这么简单，可是又这么新颖，很值得一谈。

大部分地方造桥时，对造桥墩、围堰，以及天知道的别的事情有无穷的不安和忧虑。有的把桥吊挂起来安装以避免这种麻烦，有的试着把一段桥墩从一边架向另一边。有数以千计的不同手段。在别尔福特他们干脆等待水退下去。然后大队工人下到干涸的河床，奋力挖好基础，开始急忙筑起桥墩。很快河水回涨，但桥墩早已超过水面，其余的工作是用船去完成的。这绝对正确。我不仅看到在河床上的大批工人，而且有一个工人当我问到他时是这样回答的：照他看这似乎是造桥的最天然的办法，他还怀疑有没有用别的办法造的桥。

在别尔福特还有一只用岩石雕刻的大狮子像，以纪念1870年的围城[2]。这只狮子是城堡下的岩石的一部分，个头很大——究竟多大不知道，但我看到一个人跟一只狮爪相

---

① 瑞士按地区通用法、德、意三种语言，作者这里应指瑞士德语，瑞士讲德语的人口占70%。

② 指普法战争。

比看上去极小。这块绝壁首先被磨光如同一块石板或石碑，然后雕出这只狮子，是巴托尔迪[1]创作的浮雕，他就是纽约港的自由女神像的同一作者。

1870年之围由另一种办法为历史固定下来。一个例子向你显示教会在另一株茎干上继续发挥作用。在别尔福特或离它不远处有一个小教堂(我不知在何处，只是听说)，当地一名石匠兼画家受人委托为了若干酬金对它进行装饰，他把整个教堂都绘上围攻时的情景——寒冷的天气、伤者、英勇的行为——成为一幅幅小壁画以自娱。这确是这类事情应该如此办理的方式，我的意思是说由为了乐趣和按自己的想法实行的人来做。我有一大批朋友赞同我的想法，艺术不应该是竞争性的和工业化的，然而他们大部分人继而得出非常离奇的结论，说什么人不应该拥有自己的花园，也不应有自己的蜂房，自己宏伟的宅第，自己的猪圈，铁路股票，甚至自己脚上的靴子。我说，这样的废话算了吧。于是他们对我说，把生产资料集中如何？我对他们说，集中起来的生产资料所有权如何分配？他们悲哀地摇摇头，说那绝不能持久。我说首先试试然后看看结果。接着他们勃然大怒。

我在别尔福特用餐时(顺便提一下，一个穷人要求我利用我的全部影响力帮助他的儿子，年轻人是一个在海军做

① 弗雷德里克·奥古斯特·巴托尔迪(1834—1904)，法国雕刻家。

事的工程师,他这么做是因为我一直吹嘘我的旅行、经验和在全世界的熟人中的大人物)——我是说,我在别尔福特一家工人咖啡馆内用完午餐会又出发上路,非常尴尬地发现阵雨还在下个不停。

清晨,在高山上使人这么痛快的树下,交错的树枝为我形成一个屋顶,灌木丛生的周围环境使我成为户外天地的一部分,雨似乎把自己嫁给了牧场和泡沫翻腾的小溪。可是在这里,在大路上,在一个城市里,它使人不适的情况落在我身上,因此我对天气和道路生了好几英里的气,直到出现两件事才平息。首先,天空晴朗了,光辉的太阳为我从一座小丘上显示出瓦尔萨斯平原,还有让沃斯盖山脉看起来完全成一条线。其次我碰上一座大军火库。我一看到军火库就立刻充满两种良好的感觉——好笑和同志情谊。因为好多好多年前,我有幸跟两个人成为同伴和朋友,他们为一座军火库站岗放哨。他们受到严格的命令一遇到情况即查问口令后开枪。在一个夏夜他们打死了一头驴子,打伤两头母驴,打断一棵小树的树干。

我沿着大路走下去。我因为小腿隐隐的疼痛而惊恐不安,害怕坚持不了,我不是说去不了罗马,而是说甚至到不了边境。我时不时用止痛膏涂擦,但是如同许多奇妙的东西发生的情况一样,这一回它竟因过时而失效。最后我发现一条脱离主道的岔路,我的地图告诉我大体上那是一条通往边境的捷径,我决定在最后的几英里沿着它走,因为假如你有伤痛,一条曲折的小道要比一条宽广的公路好受一些。

我到达分岔的路口时，我想这是一个进行回顾的好机会,于是坐下来,对我一路走过来的那条路回头望去。沃斯盖山脉的高峰耸立在瓦尔萨斯平原之上犹如海岸倾斜的悬崖。我把它们画下来,还有对跟随我这么远路程的洛林省的崇山峻岭——它们庄严静穆、勤劳不倦、自我克制的精神,还有对那些对我产生过影响的深密的森林告别的意思。我僵直地从被我当作写字台的土坡旁站立起来，沿着那条经过许多无人注意的村庄的小道前进。

在那天下午和接下来的黄昏，我走过一英里又一英里。边境似乎近在咫尺以致我都不想休息,我没尝一口在别尔福特城外发现的“开酒”,随着光线的渐渐暗淡而一步一步沉重地走下去。我对瑞士怀着极大的好奇心,我希望在入夜之前不顾我的疼痛一鼓作气走完最后的几英里。还有,我愿坦言自己在进度上可笑的骄傲:要于第四天走出法国国境。

光线依旧在暗下去而我的决心不变，虽然精疲力竭的状况在削弱它。山峦的轮廓衬着天空升得更高,边界的孤寂气氛和神秘性头一回进入我的行程。这片在群山监护下的平原的最后部分也使人产生在英格兰东部才有的某种感觉,到处都有水塘和芦苇荡,我经过时看到停滞的水面映出的平静夕照。

我离开小道重新走上大路后遍是沼泽的河谷。它的隔绝状态让我在那个夏天的薄暮时分用了最后的力量向古拉山一线前进。我趺趺撞撞地走着,整个人的精神在荒凉的水荡和宿鸟的影响之下受到吸引和鼓舞。

这时我希望有一个使心灵完全与世隔绝的藩篱，这是我常常在这样反思与寂静的机会下希望有的。随着这种希望产生了一种非常适合于旅途，但使人困惑的思想，那就是:人渴望肉体化解,摆脱一切束缚,从而享受精神的自由。许多人有这种渴望是无可置疑的,那些最优秀的人,你一下就认识到他们的圣洁高尚，告诉我们灵魂的快乐无比高于普通人享受的世俗的快乐。在印度,不仅如此,有很多人抱着解放灵魂的目标而做出最不可思议的事情。弥尔顿以明显坚定的信念谈到同样的情形,还有圣徒们,全都异口同声地颂扬它。但那是怎么一回事呢?就我来说,我不明白这话的意思，因为我所知道的种种愉悦都是从我的肉体和非常通达人情的心智,这两者亲密无间的结合而产生的,它最终接受、确证、复活,而且重新总结我的肉体经验到的快乐。至于跟我的感觉毫无关涉的愉悦,我一无所知,所以我决心盲目相信他们,看看他们是否在罗马,能使这个问题更为清楚明白一些。

但是如果谈到不朽的心灵，在形式与色调上我内心是如此灵巧和健全，至于许多事情的道理，则完全是另一回事。我确实渴望有时自由自在，我常常觉得一天中暮色苍茫之际，或一年中秋天的帷幕落下时，犹如人回到家，门在身后关闭。此时我发现对外面的印象越来越淡薄，心灵则似乎获得一种创造力，由于某种神秘的力量，它可以生动地设想出歌曲、风景、人的面貌，比我们真正听到和看到的音乐或形象更加符合我们渴望的那些。记忆也能同样创造。但那不是灵魂做得到的，因为歌曲、风景、人的面貌是由感官产生的，我从来也不理解什么东西能高于这些愉悦，也确认不可能在任何无形与非物质的东西上存在愉悦。可是许多最明智的人向我们保证我们的灵魂高于我们的心智，而我们的心智则高于迟钝的、纯粹是物质的肉体。我根本无法理解这一点。①

当我在这片处于黄昏的狭窄栅栏背景下，以漆黑的尤拉山作围墙，由牧场和寂寞的水塘形成的土地上思考这些事情时，我的疼痛似乎暂时消失，然而我还是慢吞吞一瘸一拐地走着——我是说在考虑这个复杂的学说时突然觉得自己的包袱轻了许多，可是却几乎没有时间来为这个奇迹的出现而欢欣鼓舞，因为我随即听到了非常响亮的哗啦一声，转过半身一看，在暮色朦胧没有完全黑暗的大路上，原来是

① 作者的这段议论比较费解难译，他把灵魂(soul)与心智(mind)或心灵分开。灵魂完全是精神的、抽象的；心智则涵盖精神和头脑，可进行具体的逻辑思维和形象思维，可以再现精神以外的物质世界。

那一夸脱“开酒”都洒完了。我失望得不得了，只好在里程碑上坐下来考虑一下这件意外事故的后果，看看稍稍冷静一下是否会减轻这深切的烦恼。想想我是多么细心爱护这只瓶子的，考虑到越过边境就没有值得一尝的酒了，整个下午在艰苦的征途上我都没有舍得喝一口。

我想到即使这样的损失造成的苦恼和恶果也没什么，以这种想法多多少少来安慰自己，然后起身走进夜色之中。结果在边境另一方我发现一种酒，相比之下，那洒掉的一种似乎拙劣得可笑，后者难以言传的味道给我对尤拉山的回忆增添了光彩。如果人只愿等天赐良机，那他永远落得遗憾不已。

所以包袱轻而心情重，我一往无前在黑暗中跨过边境。我不十分清楚这是在什么地点，只知道这里离法国最后的城镇岱尔约一英里。我在这里吃过晚餐然后继续前行。等我估计已经走过这段路一英里，看见左方人家窗户里的灯光，一个葡萄架以及一家咖啡店的大理石桌子，我把头伸进门去说：

“我是在瑞士吗？”

一个样子像德国人的姑娘，一个大个子粗壮的男人，一个巴伐利亚的商人，还有一个他从马赛来的同行，一齐用不同的口音说：“没错。”

“那好，”我说，“我愿意进来喝一杯。”

如果我试图一一写下在迷人的旅途上看到和听到的一个地方上这么多的奇人异事,那这本书就永远没有个完,但让我至少提到这个从马赛来的商人。

他语速极快地谈了两个小时。他的足迹遍及全世界,并且记得他到过的地方的细节。他的描述极其准确、有趣,他的爱国精神十足,精力充沛,他的妙语虽不高明,可是滔滔不绝,对他的德国朋友,对小饭店的老板,年轻的金发女服务员,他是一位受到极度尊崇而又熟悉的人物。他似乎每年来一次逗留一天,尽情倾吐他的旅途见闻,犹如一道导游指南的瀑布(因为他在描述中对旅行的日期、范围和重点都以内行自居而得意);然后他一年不见踪影,让别人用记忆去享受这样一种启示。

至于我则坐着一言不发,由于一路跛行而倦乏不堪,设法要忘掉我的伤脚,喝着一大杯又一大杯啤酒。我望着那位马赛佬,慢慢感受到他使村民和那个德国朋友入迷的吸引力。他是个很奇妙的人。他也为人和善,因为后来我发现,他看到我的疲倦,跟店主人早安排好把他的床位让给我。对这一点,很不巧,我始终未能感谢他,因为次日早晨在他或别人苏醒之前我就走了,在桌上留下我认为很可能使店主人满意的一笔钱。

天光已经大亮,但太阳尚未升起,从昨日起就有带雨的薄云,一股冷风把它们驱来又吹走。我忍着剧痛,慢吞吞地一步接一步地前行，中间不断地休息。我沿着一条曲折的大路走向波伦特路伊，穿过尤拉山中的缺口。头一个拐弯处使我跟法国脱离，我已进入了一个相当陌生的国家。

我现在经过的河谷从切维约山[①]而来，跟可爱的热德河谷相似，像一条道路通向低地鲜为人知的牧场。这个河谷如同那里的一样，陡峭的悬崖绝壁包围着一个非常平坦的幽谷，到处是丰茂的青草，在它之上的高原覆盖着绵延不绝的树林，只不过这里跟苏格兰不同的地方是树林一直向上生长直到它们成为高山的斜坡；实际上，这个曲折的裂缝也就是河谷，是一条穿过尤拉山第一道山脊的天然通道；它的第二道山脊在我面前向南耸立，像一场深蓝色的风暴。

在我沿着这条曲曲弯弯的道路走下去时，一路都是新鲜的乐趣。它跟我已经离开的管理井然有序的法国相比，完全是另外一个国家。这条道路修筑得更随意，保养得更差，也明显利用得更少。里程碑很旧了，标出的路程用里格而不用公里。样样东西都有年头了。沿着墙垣生出绿苔，在高高的树木下相当多。不知名称的小河缓缓地流过草地。

我正纳闷它的名称叫什么，我这里离波伦特路伊有多远（我知道它就在附近），这时我看到一条穿过河谷的隧道，我从较高的山岭的走势推测，小河会在不远处急拐弯。这两

① 切维约，苏格兰与英格兰边境的山脉，从东北向西南延伸。

个迹象根据别人告诉我的经验，意味着我非常靠近城镇了，所以我采用走捷径的办法，穿过一处山嘴上的森林——这是非常合理的捷径，因为它是人踩出来的，显然有人使用——我往上走去，然后继续沿着一条在枝条低垂的小树下的小路走过一英里的平地。等走完这段林间沉寂的小路后，我看到一片绝佳的风光。从小路下降的地方向下望，在我的下方是头一个日耳曼人[①]的城市。

日耳曼精神是一种奇迹。波伦特路伊坐落在那里。一扇有哥特式角塔的奇特城门标志着这座城市的入口。在入口的右面有一座塔楼，比我见过的任何这类建筑物都大，甚至比在梦中见过的都大，它位于入城之路的一侧。它非常大，被保护得那么好，它那么高，楼檐那么妙，那么牢固，都是少见的！后来有人告诉我，那个大堡垒的某个部分是罗马时代的建筑，我可以相信确实如此。日耳曼人不喜欢破坏。它使我佩服不已。对这个具有魔力的永恒的偶像，我觉得在它的面前犹如一个少年在人生中第一次面对一座大山。倘若我不是一个基督徒，我本来会对它膜拜，请求赎罪。

事实上我是严肃地走进波伦特路伊的。我经过城楼下深深的入口，然后登上陡峭的山冈。在我走上它的大街的那一刻，我的心思转向中世纪以外的东西上，我开始想到食物

① 这里是指瑞士的日耳曼族。

和酒。我走往我能找到的第一家小客栈，问他们能不能为我提供食品，他们回答说在这么早的时候（还没到十点）只能给我面包，昨天的肉，以及酒，我说那挺不错，所有这些都送来放到我面前，照此地的习惯在我吃之前付了账（这是个坏规矩。回顾在里摩欣省[①]，那时我还是个孩子，在维尼河[②]上喧闹的托伦特河谷，我记得一个女人，她不让我付钱，直等她把瓶子举到灯光下，用手指称好小牛肉的分量，用眼睛估量出面包的价格，才让我掏钱；她要了我实价的一倍。上帝让她的灵魂安息吧！）。我说我付了钱。倘若我付了那酒原价的二十倍或二十三倍，也值。

我愿告诉你我重新上路后遇到的那个无政府主义者的故事——他是一个可悲的好人，因为犯了意想不到的罪行，所以离开了法国，所以这些年来对法国的热烈思念使他的性情变得乖僻，他说他希望世界根本没有财产，没有军队，没有政府。

但是我说我们作为国家的组成部分，命运的悲惨莫过于没有自己的国家了——这么多高尚的人认为流放比死更糟，那是所有的人都害怕的，此外还有什么呢？我还告诉他参加为正义的事业而战的军队是生活中最恰当的位置，一

① 里摩欣，法国中部的一个省。
② 法国中部的河流。

场为正义而战的漂亮的战役是所有伟大的歌曲的开端，至于财产，一个在自己的土地上的人是最接近上帝的。

他并不因此信服我的理论，我喜欢他同时又怜悯他。我们分道扬镳了，我没有时间宣讲我那详尽的学说，但送他一杯量大、冒气的凉啤酒代替，同他为博爱、自由、平等干杯。然后我继续走我的路。

那个炎热的下午我走到了尤拉的第二个山脊，那里的人称之为“可怕的山峰”——老实说，山峰像锯齿一样凸凹不平。这里有一条陡峭、好几英里长的峰峦，横陈在波伦特路伊的溪谷和多布斯河深深的峡谷之间，大路向西伸展过去一段漫长的距离，以便在这根链条上找一个缺口或一条狭路，但我决心寻一条直路过去，就在大路开始升高的地点，有几个伐木工在砍树，我向他们探问。他们说：“您沿着这条沾满烂泥的小路上去，这条小路是为横穿森林、让我们的木材滑过草地而开辟的（因为他们在更高的山峦上砍伐树干），您会容易地登到山顶，从那里看到下面多布斯河在深暗的峡谷里奔流。”

我谢过他们，很快就发现他们告诉我的是对的。那里，完全正确，有一条森林中狭长的洼地，横过穿插草地，成为木材滑行的通道。

当我差不多攀登到山顶时，我朝身后看一下北方的地势，我看见就在眼前有一块高高的岩石，在我和它之间是森林。我看到它以为是无边无际的瓦尔萨斯平原和遥远的沃斯盖山。形成这座高峰的石灰石悬崖毫无遮拦地俯临着许多树梢;它的崇高雄伟吸引住我,迫使我要把它记下来。

"千真万确。"我说,"如果瑞士有任何北方的门户,这些就是。"

画出我见到的景象的轮廓后我喘着气爬到绝顶。我在那里休息,发现下面多布斯河的奇特的漩涡。数个英尺下它在一条黑暗的深沟内奔流, 在我与河之间没有悬崖或是岩石,只有一片开阔的坡地、坡地、坡地,通过树木和牧场,人行走起来并不十分陡, 但是比我们英格兰陡峭的丘陵和山冈要陡些。它下倾得厉害又这么长, 你看起来是在树梢之上。在这种地方没有人敢于骑马。

我找到一条有几分像小路似的途径,它在山壁的一侧,我循着它走,直到发现一块平台,上面有一栋简陋的小屋,还有人在盖房子。这里有个好心的妇女恰好告诉我路如何走。原来我可笑地相信地图, 打算走去勃路恩法林的那条路,但现在要按她指导的走一条小沟,沿着它走下去可到河边。她亲自领着我快速越过一块悬空的草地,手上一路拿着她的编织物,我注意到在平坦的地方她织个不停。接下来,等我们到达山沟,她说沿着它走就行。我谢过她,然后她攀上去回家。

这条山沟是一条小河陡峭的河床, 我沿着它一路小心蹚水而下——有数千英尺;我到达河谷,最后非常愉快地来到一处水流枯竭的地方。我知道我接近了一个城镇或村子。那是圣乌尔桑。

在圣乌尔桑我注意到的头一件事是教堂低矮的窗子那奇特的形状。它们贴着地面而开,为地下室采光,这本身已十分瞩目,但更不寻常的是它们的形状,我似乎觉得接近马蹄形——我以前从来没见过。看上去仿佛是上面教堂的重量把这些小小的窗户压成两边向外凸出。我是这样解释的。有人会说那是某个从十字军回家的人用东方的式样建造的。还有人说那是一种什么象征。

不错。圣乌尔桑还有别的东西。它是一座小巧玲珑的城,有城门,满是非常古老的房屋,有带古风的人民和语言。它由一位“熊圣徒”建立,在市集广场的纪念柱顶上雕刻着这位圣徒和他的熊的雕像。但我对这小城主要的印象是它的偏僻。

多布斯峡上面我提过一两句,它的形状很少见。它的河道脱离这类峡谷内可以找到的任何东西本身又径直绕回去,像一个非常狭窄的 U 字,因此根本不可能把人引向任何一个地方;尽管旅行家始终不得不循着河谷而行,然而当他遇到这类长而急遽的拐弯处,他们总是要抄近路穿过在这插在当中的弯曲部分。

在圣乌尔桑城外,人若沿着河的弯曲部分的顶部而行,这样直到峡谷的另一方，会看到一个有点像附属部分的峡谷——可怕、深邃、狭窄——跨越它的是一座非常非常高的铁路桥。

我既不信邪，又一心想避免走下峡谷漫长的斜坡，找一道桥或浅滩涉水而过，再爬上高坡而达到对岸，在这股傻劲的支配下我直奔车站，铁路从这里脱离结实的地面跟高的铁桥接轨。我请求站长同意让我从桥上走过去，他说那是严格禁止的，但他不是警察，因此我可以自担风险这么做。我一边感谢他，一边想权力分散的小社会内宽松的规矩是多么令人高兴。我轻快地走向桥头，打算踩着枕木走过去，但事情不是那么简单。不愿让它们的王国受到干扰的风力，在我一开始就密切守候着我。

还没走过十二码，我就被恐惧控制了。

过桥本身并不危险。枕木紧挨在一起——我不信人能从当中滑下去；但是我不知道下面哗哗的激流究竟离桥有几百英尺，这使我头晕目眩。唯一的护栏是一根轻巧的铁杆或管子，细小简陋，笔直地一根接着另一根。这些铁管与其说鼓舞我的情绪不如说加重我的恐惧。然而我还是果断地拿一只脚走在另一只脚之前，眼睛果断地不看下面的深渊而注视对面的山峰。我面前长长的曲线被连续的快速步伐所减缩，然而我的心在每一口呼吸的半途都停止跳动。不管那移动的是什么，在我的内心有一个机械的和半麻痹的人在没有把握地走着。那个超乎寻常的高度以及那条跨越它而没有遮拦的带子是我无法忍受的。

我不敢转过身去,也不敢停下来。我脑海里开始反复出现同样的词语,如同它们在紧张的情况下反复出现一样。所以我知道在海上险情下舵手会把住舵柄自己应答自己的指示的缘故。走过中心的部分了,走过四分之三了;努力坚持在紧张的情况下无法忍受,我对自己完成任务的能力产生了怀疑,我说不清。为什么?什么能阻止我呢?那完全是一堆胡思乱想。也许实际上我害怕的是突然一阵晕眩,接着掉下去……

不管怎么说我对圣母发了一个誓。发过誓我继续走下去,惊慌帮了我的忙,我看见脚下的对岸上升到离桥只有几英尺,干燥的陆地不到二十码远。这时我的决心抛弃了我,我奔跑起来,更确切地说,是跌跌撞撞地,迅速地跨跃着枕木直到我站在对岸的土地上吐出一口气。

我站定后向深渊回顾,看到天地之间的那条可怕的狭带——轨道透视的远景。我由于摆脱这种恐怖感而更难受。假定铁路工作人员一天来回达十二次,让他们比我好受一些吧。

我面前的高峰或山坡是多布斯峡的结尾,俯临那个轮廓分明的弯道的两翼。我从这里不必再爬山,只要在一处高地循着曲线迂回着走好了。我的路线由一条修得相当差的小路向前延伸，经过一个村落，然后就径直朝峡谷更远的一方山壁走去，由于峡谷没有树林，看上去是容易的事情。

可是等我走到那里，事实却不是如此。树木在疏松的岩石间生长成林，山坡十分陡峭，只能手膝并用趴着前进，可是真的登攀起来土质又非常松软易碎。因为它是地中海与寒冷的北海之间的分水岭，这条山脊在陡峭和难度方面似乎是一堵墙。但是当时我并不知道。在我登完最后的几千英尺左右达到山巅之前，这段距离费了我接近一个小时，到达后使我惊异的是竟然有一条道路。这条路通向何方，为什么它要循着山的最后边缘而修呢？尤拉山脉以它举世罕见的诸多平行山岭提出二十种这类的问题。

不管它通向哪里，无论如何，这条路简直是跟我的路线相交呈直角的，但我只紧循我的直线而行。所以我横越它，最后一次通过树木看到多布斯峡，然后踏上一条小径，它穿过一块野地，大致是朝着我旅行的方向。

这个地方的地貌极不一致，所以很难归纳出一个总的特征，不过总的来说我是从又一个南坡，尤拉山系的第三根链条的南坡下来。在通过许多林中空地和沿着一条石径走下时，我发现在两块岩石之间有一个几分像门的空隙。我有点突然地踏上一片广阔的丘陵地带，上面长着许多老树和矮小的紫杉，这块地向一个宏伟的山谷沉下去，把一切袒露在我面前。

我站在上面的这片开阔丘陵地或草原，跟站在顶层楼座似的，俯临下面隐没的广阔山谷。

当我站在丘陵地的最高点突然见到那片景色展现在我面前时，我非常高兴地为之一惊。尤拉的群山此前不是孤寂荒凉就是有点可怕，或者光秃秃的满是岩石，但这里是一个真正的幽谷，你可以想象出这里应该有一个精灵；有许多麦地，却没有岩石。两边山峦的高度不到三千英尺。虽然这里都是石灰岩，形状是却圆的，傍晚的斜阳（天空已毫无风雨的迹象），照得它们深浓和温暖。山谷宽大，野果累累，向东延伸到远方，与雾霭迷蒙地混成一片，我不知它的名称，就用随即走向下面的村庄的名称叫它；我依旧记得是格罗维里尔谷，它是在尤拉山系的第三与第四道山脊之间。

在离开这片田野之前我把我见到的景色画下来，但由于过去几个小时的一再辛苦的攀登，实在太累而画得不准也不清，画成这样也就只好如此了。然后我从这块平整的田野走下去。

在风景上有某种因素把粗糙丑陋与精美优雅区别开来，在我们欧洲这个因素是跟人的存在相关的，尤其在山区，因为人的习惯和文明使山谷充实起来，把山的基础部分加以开垦，可以说，好比留下潮水的痕迹。我进入这个地带。草根土被踏成了漂亮的牧草地，它只能经过几千年的放牧才能变得这样固定下来。从泥土里沁出的水分并不是高地偶然的沼泽造成的，而是由一口人造的、从一个石头形成的洼地凿出来的水泉所提供。树木也受到关注。在我脚下是一堵墙，不是人们在群山这个凹地把它任意堆起来的东西，而是用经过挑选的石头，再用砂浆把它垒起来的。在我的右方是一个小小的深谷，有孩子们在游戏——这个小谷后来我才知道本地人用我们的英语“combe”称呼：真是愉快的回忆！环绕我的样样东西都是有家乡风味和喜欢的。

我一路走下去，充满惬意的思想，转眼看挂着“太阳”招牌的一家小饭店。我走进去，里面有一个在那里缝东西的女人，一个像牛一样面无表情的大个子男人，还有一个年轻人在一个小本上写账。我说道：

“早上好，太太、先生们。各位，你们能给我一点红葡萄酒吗？”

没一个人点头。

我确实又脏又累，他们或许以为我是乞丐，像非常讲求实际的基督徒，他们对乞丐根本不讲什么废话，宁愿给他结实的一脚也不愿给他一杯凉水。不管怎么说，我想不仅是我的贫穷，而且是一种土生土长的吝啬粗暴性格把他们束缚在那个小谷之内，他们的灵魂如牛一般鲁钝。

我在一张非常干净的桌子旁坐下来，又说一遍，依然心平气和地。

已经转身对着我的牛脸的男人，绷着脸不是对我而是对女人说："他要酒。"

女人很快从柜子里把酒和一只玻璃杯拿出来放到我面前，我十分平静地喝着，等喝够了，问该付多少钱。她说："三便士。"我付账时说："太贵了。"牛脸的男人咕哝着说什么而且锁着眉头。我害怕了，但藏起恐惧，勇敢而慢慢地走出去，同时用手杖重重地在店堂的外面敲了一下。我没有向他们告别但做了一个手势。

我走的大路笔直通过峡谷接近更远处的山壁。我看到的那些山峦都有一个奇特的缺口裂穿，它们在石灰岩山脉中是特别的。河水凿开它们，这个峡谷也有一条急流通过。虽然是峡谷，穿过这个缺口的大路却陡斜地上升，远处的那个峡谷显然比我正离开的这个要高些。在我进入那个狭窄的峡谷时已是傍晚，夕阳笼罩在岩石形成的山壁的顶部。我累得不能再累了，行走时费力到极点。我到达峡谷最窄的地方，两边像一个巨人的门庭柱，这里出现尼拉山系的第五道山脊，一个巨大的黑影，它就耸立在我对面远处的峡谷里。我疲倦地坐下来，即便精疲力竭，也要画下不能忽视过去的东西。

正当我专心描绘石灰岩的板块时，我听到身后有车轮过来，一个少年停下大车向我招呼。

这孩子要知道的是我想不想搭车，他说的法语这么古怪，使我不敢设想我深入山区的腹地有多远，不久大概会碰上十分生疏的异邦人。他的大车对我格外有吸引力。虽然我已这么多次打破我的誓言，即我绝不乘有轮子的玩意儿，不过我还是健康无损。因此记住这一点，并且考虑到忠实的含义是有多方面解释的，于是抓住大车上去，一边想到严格的规矩小心让脚依旧接触地面，用这种方式，让大车代替我行走，可是又不能说它实际载着我，这样通过峡谷高高的石灰岩大门，进入尤拉的第四谷，而第五个山脊，衬着白天最后的光芒，高大黝黑地耸立在眼前。繁星还没有露面。

在这个静寂的地点出现了恩德里维尔这个小村。我谢过男孩，从车上下来，吃力地走进一家小饭店。我向一位妇女请求，问她能不能给我一点东西吃，她说，过一个钟头左右才能行，在语言方面，那是我以后要接受的，她讲的是我不懂的话。因为法语已经变成十分不文明的语言了，我现在确实已在世界深处的地点之一而不知所措。

不管怎么说，一支雪茄，在恩德维里尔，毕竟还是一支雪茄，最好的卖一便士。因此，我选最好的买了一支。然后我从饭店出来抽着雪茄走进广场，找到一堵矮墙，靠着它，对在另一边下方的喧哗翻滚的流水沉思默想，因为有一条小河流过村子。

当我在那里休息和思索时，我注意到村民近在咫尺的教堂是如何沿着低低的河岸而盖的。我赞赏河水滋育的青草长得繁茂丰盛以及河边大树的浓荫有如圆拱。墓茔的地点似乎安排得自然妥帖，就在墓园外是开采出来没有加工的石头和流水，教堂的塔楼就是它们如此特殊的一种美满的结合，因为它刚好是用这些石头盖的，大胆地伸入水中，河水围绕它打着漩涡。但为何那座人类的建筑物要泡在水中来这样影响心灵，我说不明白，我只知道看到我们的设计和建筑出现在那种地方，对我们无法征服的而且永远含有危险因素的自然条件进行挑战，那是一种与众不同的感情。

在我观望河水冲洗那些古老的石头的时候，我的雪茄已被吸掉一半，一口钟在开始鸣响，似乎整个村子的居民都涌向教堂。对此我非常惊奇，我一生任何时候都不习惯全民一致的虔信，但每每想到把信仰作为反对不平等的东西。我只在某些地方看到一致，那里某种宗教或别的手段掩饰我们的悲剧，开脱我们的罪过。我见到一个地方所有的人，男女儿童都拿天主教的教义认作理所当然的事情，所以我把雪茄小心地放在墙头的一方石头下，然后跟着他们一同走进教堂，接着看他们一同做晚祷。

全村的居民都一齐唱着，对赞美诗非常熟悉，我注意到他们的拉丁语更接近德语而不是法语；但最愉快的还是听全体男男女女一齐向上帝道非常崇高的晚安和致敬。我跟他们一同出来，走进清凉的暮色中。我找到我的雪茄，重新点燃，比先前更为深刻地想得很多。

在恩德里维尔，膳食比我曾到过的地方更差，可能的例外是内布拉斯加州的奥玛哈。不管怎么样，我原谅他们，因为他们是如此善良，在短而不愉快的一宿后，日出之前我踏上去莫蒂尔之路。

我现在要前往的山谷形状多少像H字母，就是说，有两条高高的平行的山岭作为它的界限，但另有一条约两英里高的山脊穿过当中。大路通过大片大片的牧场缓缓地向这个山脊攀升，牧场上挂着铃声深沉的铃铛的母牛正从带露的草上起身，炊烟已经从两栋小农舍和一个小村升起。

我到达山梁顶上时，一个年轻人正在户外劈柴，我用法语问他要走到英蒂尔有多远。他用德语回答，我大喊一声使他吃了一惊。我的喊声如同水手看见陆地时那样，因为我终于走到了说法语居民的地盘，生平头一回偶然遇到一个纯粹的异国人。我还要求他给我来一点咖啡。因为他拒绝了这个请求，我把他当成一个异教徒。我循着大路走下去，不管这些一边心里作诗，一边大声歌唱，经过现在如屋顶一样盖在我头上并且随着我的前行越来越深密的森林。

歌唱完，森林也抛在身后，我经过一段尘土飞扬的道路进入莫蒂尔，这是一座可憎的小城，一切都刷得粉白，井然有序，空落群山之麓。

我倦了，因为太阳早已升起，我也走了十英里外加翻越一道高高的山脊；我创作了一首赞美诗并且唱出来——可是一口也没有喝也没有吃。在莫蒂尔我吃了面包，喝了汤和咖啡，出城走了一小段路后我离开大路，越过一条溪流，爬上一个土墩，躺在一棵树下，睡着了。

一觉醒来后我又出发。

离开莫蒂尔后的路程并不轻松；它一点也不使人兴奋，在太阳下光秃秃的大路两边都是田野，田间有房屋，房子里有说话口齿清楚的普通百姓。

行走几英里后道路开始攀升，我走到一个山口，地名叫冈斯布鲁伦，那里有一两户人家，其中一家是个小饭店。就在这家饭店旁道路陡然转向一个山谷上升；那也是尤拉山的最后一个坡地，最后的平行的山脊，它整个伸展在我面前，庄严、黧黑、树木森森，在正午的背景下形成一条高高的羽毛似的横线。要翻越它只有一条不明显的小道，而且有点把人引入歧途，这座山峰的名称叫维森斯坦。

所以我做出最后的努力让自己翻越过尤拉山这最后几千英尺的山峦，为了给直觉(那在我进入那深不可测的森林时是有用的)补充营养，我转身走进这个小店来点酒喝。

一个年纪很大的老妇人，面貌如女巫，坐在黑暗的店堂里十字形小窗下乌黑的桌子旁。她正低哼着什么曲子给自己听，我用凶恶的眼神向她示意，用法语说给我来点酒。但她不懂法语。不管怎么样，在她领会了“白”“红”两个词的英语发音后，我用不纯正的德语说“是的”，外加点点头，于是她拿来一杯上好的红葡萄酒，我默默地喝着。她古怪可怕地看着我。

我付给她五法郎，她迅速找给我一大堆零钱，里面还明显有一枚希腊铅铸的古币。接着我出来走到阳光下，越过潺潺的流水，脱离了她的影响。

树林深密地往上生长开去，小径在到处分岔，结果很快我就搞不清我的路线了，不过我大致循着似乎觉得是最为向南的方向而行，最后陡直地到达一片凹地，它在山脊最高处到头[①]。

就在我费了大约一至两个小时走出占据山坡的大片森林地带时，树木变成灌木丛，那里有一个豁口，小路在一片明朗开阔的林中空地上消失。空地是在尤拉山的顶部，也就是那堵保护瑞士平原的壁垒的顶点。我总是一直从一边到另一边越过它，从来没有脱离我的路线。

在空地躺下去太潮湿，所以我站了一会儿歇一口气，望望我周边的情形。虽然没有比它再高的地势了，虽然有新的一排树林——冷杉和山毛榉，但在我上方再没有什么别的东西，我明白那准是山坡地到头了。我走到林子的边缘看见有一道用木桩和铁轨筑的篱笆和栅栏作为它的界限，正在寻找一条小径的入口时(因为原来那条小径已经迷失，在这

① 尤拉山脉绵亘法、瑞边境，走向是从西北延伸向西南，形成一条斜线。总的来说作者的方向是指西南而非正南，而且是在尤拉的北坡。

个小块山地的湿草间这种小径都如此），我突然有了一个新发现，从眼前树木的枝条间望去，天空中的一个景象使人屏住了呼吸——大片意外的光明。

我沿着林子的边缘和围着它的栅栏忽左忽右地推进，直到发现一个地方，这里不再有松树，留下一个口子，而在右面，这个口子再过去是一棵落尽了叶子的树，这里土地在我下方陡直地裂开，像一道大瀑布，朝更下面的石灰岩形成的绝壁直泻下去，这个裂口有多深超过我的目力。我透过裂缝形成的框架望去，在我脚下几千英尺处，好像是一个没有边际的平原。在那片天地的尽头是一条地平线，朦胧不清微带蓝色的大空罩在它上面。

阿尔卑斯的风采

那个地方有雾霭，而且很浓厚。你看到在那片世界边缘外的天空，随着天穹的升高而变得比较纯净。但就在地平线上面——那片云霄间狭长的一带——绵延着厚密的冰的尖峰、绝顶和茫茫一片山峦，远离，远离这个世界。天空在它们之上，也在它们之下，它们犹如一个屹立不动的军团，穿着天国不可动摇的大军的盔甲，寒光闪闪，在两天或是三天的路程外，他们挺立在那里犹如守卫天国乐园的坚城，我重复一遍，这使我气也不敢出。

我们人类是如此渺小。我们陷在眼前种种活泼的自以为是的利益中，想用数字和一厢情愿去理解时间和距离，或我们有限制的不能达到的无穷欲望中的任何一个。这些才是上帝辉煌壮丽的创造物，现在我头一次从尤拉的高处看到它们，因为是在五十或六十英里外，也因为它们有一英里或两英里高，跟我们这类别的东西不同，可以由于壮丽神奇引起的敬畏惊叹而使人目瞪口呆。它们巍峨地插入云霄，只有浮云、飞鸟，还有纯粹的光最后颤动的色彩属于它；它们挺立着坚定不移，不像种种天空中的物体那么移动。它们如同夏天的上层云朵那么遥远、细薄、精致。但在反光上和质地上，则仿佛有武器的性质(像一种不知名称的矛与盾)，它们高不可攀地侵入并占领了天空，在我定睛注视的时候，它们的面前本来是天空的一切都被我遗忘了。

像一个刚听完音乐的人充满着对它的感受，我从山上下来投身于山坡上的森林之中，森林通向山下的大平原。我发现一条小径，我迂回曲折地走下来，通过一条有几分像山沟的小径到达一个石灰岩绝壁断裂的地方（地图指引我），从这里去索娄尔城，它坐落在爱尔河平原的边缘。

我费了一小时或更多的时间从尤拉巨大的斜面上下来到达这里，这是一块峭壁，相当高，有不多几个可以找到途径下去的裂缝。大约在山壁的半途上，它的宽广给我留下了深深的印象。然而它好像是个平台，阿尔卑斯从这里看去更显得宏伟壮丽。

这种宽大的山壁，即使在这些石灰岩的高山中也给我以方便，尤其在一个地方，这里小径紧挨着一块陡峭甚至垂直的白色岩石隆起的表面，岩石上只有零星长着的一棵棵树可供抓住。

我依然在非常高的高处，但看起来比先前更往东一些，平原无限地延伸向某些模糊的远山；在那个方向也看不到任何插入云霄的雪峰。最后我来到山麓的坡地，它们形成一条小小的土埂。我在这里发现一条大路，我突然感到低地下午有点炎热逼人，于是更加缓慢地走向索娄尔。

在大路旁边有许多房屋，有大树荫盖，房子是木头建造的，独立不相连，几乎每家都有一架小水车，由峡谷下来的流水推动。大部分情况下水车用来带动一台简单的小机器锯木板，但有的似乎能作家用，我不能断定，也许是用来纺纱的。

这个地方到处是劳动的景象，男人做工时用德语唱歌说话，我听不懂。我发现一个人，一个拿着一把镰刀去割草的年轻男子，他懂一点法语，与我同行。我因此请他教我德语，但我们走到老城的城门之前他没教我多少，接着我就跟他分手了，就这样，以后的四天或五天，我是在讲德语的瑞士人中间度过的。我完全孤孤单单。

这本书还得不断写下去，因此我不能谈很多有关索娄尔的情况，虽然有好多事情可写。它由于一个统一的印象和市民的生活而特色鲜明，这在所有的瑞士城镇中我都有发现。虽然人们谈论到处都找得到的中世纪遗风，但就我而言，除了有民主传统保存的地方，从来没有发现过这种遗风，因此我见到的中世纪，在法国北部的小城镇尤其有生气。我在巴黎大学见到，在瑞士这里也有。如同我在圣乌尔桑见到的一样，现时在索娄尔也看到了。城市的两侧有硕大的城门，那天黄昏还有不断的枪声，瑞士人永远在练习打靶。在教堂方面，我看到地道的十七世纪的东西，那就是在正面用巨大的希伯来字母镌刻的 Yaweh[①]的字样。

在索娄尔进餐，由于我不惜花钱，他们不得不给我最好的饮食，我可笑地变得精神爽快，恢复了活力。尽管现在天色已是傍晚，一个明智的人本来应该在索娄尔睡一大觉，可我还是继续赶路往布格多夫。

我越过爱尔河，在此地它的河面很宽，水流有力，还有突出深入河中的棱堡，建筑风格非常大胆醒目。我看到黄昏最后的光线使河水在昏暗的两岸间似乎像没有光泽的金属。我觉得开始又疲又乏，相当懊悔我做出的决定。但一个人绝不应走回头路，这是肯定的，我继续走进黑暗中，不知走了多少英里，直到我走到一个交叉路口，发现一家小旅店。

这家小店挺不起眼。这里的人一生显然从未听说一个步行的穷人可能不会讲德语，对我来说似乎是令人惊讶的事情。我坐在那里给我自己要来啤酒，也为一大帮农民要来啤酒(他们要不是如此本来会请我吸他们的烟蒂)。我在试图跟他们交谈时（因为我学会了他们的语言的大约十个单词），一边思考那些以为铁路使天下变小的人们荒唐可笑。

---

① 希伯来语:上帝，即英语的 Jehovah。

在这个大平原上，埃芒河[1]畔的这个小城里的人，除了他们自己和教会，那是欧洲共同的纽带，什么都不知道。

虽然我对他们不断的讪笑有点不高兴，还是要求安排一个床位，女店主是一个有点才干的女人，用手指显示价格分别是五十生丁、七十生丁和一法郎。我决定要最好的，她也确实给了我最舒适的一间房，房间里有一尊圣徒的雕像，也充满乡村风味。

第二天早晨，如往常一样，没有人醒来，任我自由行动，我决定悄悄离开。我观察一下窗外的黎明。屋檐很低，我看到在灰色的晨光映衬下有一棵苹果树，小小的园子里蔓草丛生，有一个狗舍，竖放着酒桶，这些全是我在德国儿童读物那用粗黑的线条画的插图上看到过的。

但是时间太早，没有人出来走动。我对小园注视了一会儿，这时天色更亮了。于是我下楼，悄悄卸下门闩，出来走上大路深深叹了一口气。

我已经在旅途上度过七个夜晚，有两宿我是在露天度过的。我攀登过七座高峰：大森林、阿雪特、巴隆、尤拉、分水岭、莫蒂尔山口、维森斯坦。我也进入过七个低谷：莫泽尔河谷两次、别尔福特峡谷、多布斯河峡谷、格罗维里尔、莫蒂尔凹地和现在的爱尔河平原。我行走了一百八十英里。

---

① 瑞士中部的河流，全长四十五英里。

到达布格多夫时太阳已经升起，我走向火车站，在站外喝咖啡吃面包。我也买了过时的法文报，把所有的消息都读了一遍，眼睛疲劳不堪，也没有什么可画。

我望着火车开进车站。车上满是游客（那也许是主观的幻觉），我觉得他们似乎都是普通的小人物。火车开往英特莱根。

在郁郁不乐的情绪下消磨了一个钟头左右之后，我把地图放在面前的大理石桌上，再要了一点咖啡，我到了一个必须做出决定的时刻。有两条道路供我选择，布格多夫是在埃芒河畔，因此可以沿河直上，但这条路还伸到一个峡谷之上，而另一条路则相当平坦好走。所以我选择了后者，偏东的一条，它带你沿埃芒的一条支流而上，然后越过一个高地再到达埃芒上游。

时间已是黄昏，我比先前任何时候都疲惫。我来到一个小山口，脚下的大路通过它会把我又带回到埃芒河，这时它完全成为一条急流。若我记得不错，在这个小山口另一边的山坡上（或许有三四百英尺），有一个村落，叫香格瑙，我右方是一所不小的学校，一大群孩子围成一圈在跳舞唱歌。这情景使我高兴，我决心加紧步伐走向河谷，尽管还没有夜间投宿的确定目标。这是个不明智的决定，因为我是在一个不熟悉的国家的腹地，在道路的终点，河水的源头，找不到援手。我知道在我前方，不到五英里处，是布里恩泽格拉特，那座高大的山峰，从一边到另一边理所当然地登越它是我的本分。我不知在我和那道高大的屏障之间会不会有小客栈。

光线在暗淡下去。我有一点模糊的想法，也许我要在户外露宿，但那会要我的命，因为一片浓雾笼罩了所有的山头，给山谷形成一个屋顶，并且开始下细雨，如同人们圣诞除夕在教堂里唱的："老天爷给正直的人降下雨露。"不过那是在巴勒斯坦写的赞美诗，那里雨是一种稀罕的神恩。在寒冷的夜晚他们本来愿意做得更好使正直的人温暖，他们本意不错，但笨手笨脚把事情搞得非常之糟。

大路不像大路，变得像一条在荒野中踩出的小道。我走近山壁中一排巨大的裂口，高峻、陡直而狭窄。雾气在上面翻滚，把山顶掩藏起来，使它们看起来高不可攀，望不到顶，插入深不可测的天空；笔直如线的细雨使那些裂口显得更狭窄。就在我跌跌撞撞地走到离它们不远处我遇到一个人赶着两头牛过来，我对他说："有借宿的地方吗？"对我的问话他回答："有！"他指向就在绝壁下的一丛树木，刚好在裂口中，我越过一道古桥向那里走去，发现有一栋木屋。

我不经过先打招呼的礼节走进去，门是开着的，可以径直走进一个大房间。里面坐着三个人在打纸牌。我分别用法语、英语、拉丁语大声问候，但他们没有听懂，在旅馆内看来真正引人注目的（因为它是一个旅馆而非小客栈），是房子里没有人懂我的语言——既包括服务员也包括别的任何人；但服务员没有像布格多夫附近的穷人那样好奇而耐心地对我围观，如牛群对火车那样。随后他们给我拿来食物，由于我叫不出不同的食品的名称，只好他们选什么吃什么。那个山谷的天使保佑我没吃到煮羊肉。我，无论如何，知道德语“酒”这个词，这在所有欧洲语言中发音都差不多。所以我有目的地喝了一夸脱，然后睡了一觉。第二天早晨我在黎明即起身，穿上薄薄的潮润的衣服下楼。没有人在我周围。我寻找吃的东西塞进包袱，从餐厅桌上拿起一大块面包出门，哆嗦着走进寒冷的细雨中，阴沉的天空雨还在下着。在我的前头，耸立着布里恩泽格拉特，像一堵巨大的禁止通行的墙，愈到上部愈黑，在一条雾霭迷蒙的横线中终结。

雾

布里恩泽格拉特山气象不凡。它非常峭拔，它的诸峰高低不同，但从下面看似乎是一样齐，像一条山脊。真的，整个山更像一条山脊而不像我看到的别的高山那样。它在一头是名为“赤角”的山峰，另一头突然下降俯瞰英特莱根城。除了纯粹的岩石，它要多陡峭有多陡峭。其上没有悬崖，虽然有讨厌的峭壁，高得足以把人吓坏，我看到有几处高达三四百英尺。这山有五六千英尺高，沿布列恩茨湖的北岸耸立。情况如此，我开始攀登。

开头数百英尺是松软的草地，它在脚下沙沙响，随着你的登高变得渐渐陡峭起来。仅仅有点潮湿的涓涓细流在下部的苔藓间流动，非常细小的潜藏的山花由于过度的湿润而萎蔫。雾跟雨分不清，我确实已接近云的均匀带，它的阴沉色调早已变为散射的光芒，光充溢着云气的内部，使它们带上神秘的意味。一条灌木和矮树的植物带在我面前展开，紧靠在山坡上。当我披荆斩棘，左拐右转，穿过纠结在一起的枝条艰难前进时，一缕云雾把我围起来。从那时起，我随时在一片使人容易受到蒙骗的迷雾里出没，置身其中十分难以判断行程的进展。

有时较高处一大块岩石或山脊上一座高峰会透过一条云带忽隐忽现；有时我会犹豫不决地站在一处峭壁前等待岚气移动以确定最好的绕行的途径。我偶然发现一条说不上是路径的小道，或者仅仅一条山沟；迷失以后又会重新找到。在一处地方我沿着一块凹凸不平的坡面攀缘而上有五十英尺，结果看清楚后发现它并不是一般径上坡度的一部分，而不过是一道本来可以包抄过去的屏障。另一次我在一块好像是光滑岩石不明的下垂部分边缘上停下来整整一刻钟，但结果那不过是一个短短的陡坡，比我的身体长不了多少，人要上去不难。所以我往往向上攀登，既打湿了衣服又怀疑不定，任何时候都没有把握我究竟到达什么样的高度。

最后我来到一个地方，这里有一块光滑的石头横卧在两根石柱之间，好像放着一张长凳。虽然我周围都是浓雾，可是我可以看到上方一座山头的形状，隐隐约约在很近的距离出现。因此我心里想：我要在这儿坐着等它变得清明再走，尽管我离山顶还不到二三百英尺，由于什么事都有可能，我最好还是小心为上，认清路再说。

所以我坐下来，面对着必须要走的路向上望去，直到也许雾气移动，显出在晴朗的天空衬托下山脊的走向，以便能估计下一步做的事情。我定睛注视我判断的天边所在，唯恐漏掉显出它的稍纵即逝的闪光。我一边坐着等候，同时产生悲观的想法，开始考虑空腹攀登这种高山的愚蠢。共和国[①]的士兵常常在早餐之前打仗，但我以为从来没有不喝热咖啡的人，谁也不应在出发前不吃一点东西就去拼命。说真的，我的禁食，以及在高山上稀薄的空气，从里到外彻底浸透了衣服的寒气与潮湿，极其降低了我的血性，使它软弱、埋怨、优柔寡断。我渴望太阳。

接着我想起那块以极低的价格买来的大面包，从帆布背包里把它掏出来，开始嚼着这顿不合意的早餐。它又硬又不新鲜，难以补充我的体力，我仍旧向上凝望毫无意义的轻雾，想透过它寻找到山脊。

我心里没有准备，突然间一阵明显的微风吹拂到身上，雾形成一个圆环回旋上升，我通过清晰的广大无边的空间，看到的不是山脊而是一大片白茫茫的死亡地带的一个可怕的深渊。阿尔卑斯山刚好在我头上和面前，俯临和控制着虚空下方距离辽阔的空间。在山与我之间是一片狭窄的令人生畏的寂静和空虚，在我们下面仅仅一英里外，是那个巨大的空间的地板，一个小湖。

---

① 指法国大革命后建立的共和国。

我停步之处的石头根本不是一个休止的地方而是山脊的最高点，在它两边的两块岩石构成一个坳口，在布列恩茨[①]高高的峰峦那空中轮廓线的边缘上。

惊异之感还没来得及在我的精神上形成就已被恐惧所吞没。阿尔卑斯山，那堵冰凉的巨墙由于接近，从它中部的高度看去是如此饱满，要是从深处看是无法领会这种感觉的，它使你联想到某种永恒不变的东西——然而是死的——对热心人是一种威胁。浩大的阿尔卑斯山完全裹在冰雪中，冻结起来，它们的凝然不动由于柔软游移的面纱得到加强，这些岚雾（仿佛因为有一种吸引力）在山坳里盘旋，似乎是要阻止人去攀缘。受到它们这种捣乱的人没有同伴支持。我的周围没有树木，也没有草叶，只有在那样高的高度上崎岖不平和原始的石头。在峡谷内没有飞鸟，没有声音。冰川的皓白和更远处有白雪条纹的岩石的乌黑互相辉映，闪闪发光，硬邦邦的。在它们极为险峻的高度上有某种邪恶的意味。我感到害怕。

我也不敢朝下望。山坡并不是绝对有危险。人可以走上去不需要用手扶，也可以慢慢走下来不会直接摔跤，虽然随时随地不得不在每一斜度或每一步转身用手把住，看看脚是不是站稳。我估计总的坡度逐步往下直到草地不会超过

---

① 瑞士伯尔尼山东南部城市，位于布列恩茨湖东北端。

六十度，但你有没有过从五百英尺高处以六十度的角度下视的经验呢？看过以后使人后怕，要开始下山我心理上有些受不了。

不管怎样，我自己盘算着，我暗想，人只应害怕真正的危险，夜间的噩梦白天是不会有的。眼下没有雾，只有温暖的太阳。随后我选择一条山沟，这里时有流水但目前干涸，我小心翼翼地开始下山，使用我的拐杖而且适当地后倾。

山沟有这件讨厌的事情。你按着步子走，在每走一步之前看看天空，不过离头顶一两码：你丧失看着地面的安慰感。你当然知道那不过是下降一点点，然后坡度又开始了，这使人不安。下降或下爬，比方说十四或十五英尺，然后发现没有平坦的立脚点而是永远的陡峭，这是一种考验。

我进展得非常慢。在我下山的半途，到达一处地方，左面是一块隆起的岩石的肩部，有几条平行的小岩架通向它。在已经习惯下坡的地势后，下山在我的心目中较容易了，我在一块石板上坐下来，把看到的景色部分地收入眼底。下面的湖，远处紧挨阿尔卑斯山麓的头一批森林，较高的覆着白雪的山坡，开始聚集和环绕山头的白云，它们掩盖了山的三分之一。

然后我看到了湖上的汽船。我感到跟人发生了接触。山坡变得容易走下去了。我对在高山出没的恶魔打榧子①，猛

① 表示蔑视。

吸低谷浓浓的和舒服的空气。进入森林带后，快步穿过树林，因为我发现一条小径，现在可以唱歌了。于是我唱了。

最后通过树干一眼望去，在下面不过数百英尺处，我看见了在湖边的公路。我离开小径，急忙径直向公路走去。我遇到一堵墙，翻了过去，发现到了人家的花园里。我越过园子(小心别践踏草地)，对它的花木丰富与维修整洁深为赞赏。我打开一扇私宅小门，走到大路上，从那里到布列恩茨市，在炎热的朝阳下沿着坚硬的路面走去，不过是一小段路。温和的湖在右边不到五码远，左边是令人喜爱的树木，用它们的树荫爱抚我有时甚至覆盖我。

在上午十时左右进入那个奇异的城市布列恩茨时，我感到干爽、方便、满意。布列恩茨整个是一条长街，居民都是新教徒。我说干爽是指衣服，方便是指食物，满意是指对人和自然。但当我入城时眯眼看看那望不到头的山坡，看到雾再度绕着山脊无穷无尽地在我上方盘旋。我认为自己不吃早餐而去翻越布列恩泽格拉特山是个傻瓜，但我得不到在布列恩茨任何人的认同，因为没有人会认为我做到了，虽然那里有几个人会说法语[①]。

① 指能跟作者用法语交谈，知道他空腹登山。

格林塞尔关

格林塞尔关是在爱尔河河谷，也就是位于被叫作伯尔尼斯奥伯兰[1]的大堆山岭的东翼。你得知道，完整的西瑞士不是一块由群山环绕、围成一圈的平原（如我最初从维森斯坦俯瞰时所以为的），而毋宁说那是在整个西瑞士北半部的一片平原（爱尔河下游平原），而在西瑞士的南半部则是两大堆平行的山岭，我称它为“堆”，因为它们是如此宽广和曲折，在平面图上几乎构不成山脉。那么这两大堆即伯尔尼斯阿尔卑斯和亚平宁阿尔卑斯，在它们之间穿过一条深沟叫作罗纳河谷。勃朗峰在西边，一个叫作克利斯塔尔峰[2]的在东边，俯临巴沃那谷，它们是那个巨大的屏障。拿在西面的岱勃雷莱茨峰和东面的维特荷恩峰来说则是另一道巨大的屏障。这两条山脉是平行的，罗纳河流贯穿其中。

这两条山脉交汇在一点，在汇合点上有一个可说是山

① 伯尔尼斯奥伯兰亦称伯尔尼斯阿尔卑斯。
② Crystal，意为水晶。

脊的结，这个结可以看作是在东西瑞士的边界上。在这个奇妙的汇合点，蒂奇诺河、罗纳河、爱尔河，路斯河都发源于此，也是在这里，阿尔卑斯本来在西部的简单布局变成在东部的一团混乱。

在我的地图上，虽然粗疏但明白清楚。黑色的条纹是深深裂开的河谷，斜线画出的是普通人还可以通过的高山地带，其余白色的块块可以看作是极峰绝顶，非常之高的冰雪区，是普通人一定无法通过的。除非，他确实能等待天气晴朗，有向导，作为旅行家而不是旅客才行。

你会注意到我标出五个裂口或河谷。A 是爱尔河河谷，在开端那小白块是布里恩茨湖。B 是路斯河河谷，C 是罗纳河谷，这三个地区充满说德语的人民。

另一方面 D 是托契瓦河谷，E 是玛吉亚河谷，F 是蒂契诺河谷，这三个河谷都是在大分水岭以南，住的是说意大利语的人民。所有这三个河谷最后都通向玛约尔湖，然后又通往米兰，最后到达罗马。

直达罗马的路线我在图上用连字符标出，以箭头结束，问题是我如何把从爱尔河谷的通道顺利地跟三个意大利河谷之一联结起来，而不离我设想的直线太远。

对路线非常清楚后，我拟定计划通过一条新的大路翻越格林塞尔关，然后走一两英里翻越格利斯关，这里没有道路，接着下山至托萨谷，这样估计到明天上午我将进入意大利语境内。我在布里恩茨饱餐一顿后出发,这时已大约在中午了,因为从拂晓起我已经一直在进行登越布里恩茨格拉特。

那天下午的任务超过我可以适当担负的能力，所以我没有完成任务。从布里恩茨到格林塞尔顶上,如果让乌鸦飞翔,距离足有二十英里,走大路则足有二十七英里。真的,我只要登山越岭而往，可能直线距离是六英里！可是没有食物,也没有把握那天我过关时能走多少路程,不过既然把目标定为越过它,像一个傻瓜一样,我走过了开头的几英里。

我离开布里恩茨走了约一个多小时后，大路绕着一块漂亮的巨岩的底部而过。接着出现一片冲积平原,像是布里恩茨湖的延续,爱尔河流贯其中,变成像是有堤岸而且笔直的运河，最后连道路也直了。夹岸矗立的高大峭壁环抱河谷,(在我经过的那天)峭壁直插云霄,虽然高峻,可是仍然为河谷组成一个顶部。从左边的高山那块峥嵘的岩石单独突出来,俯视着小小的平原;在右方阿尔卑斯主体的山边凸出部分所形成的扶壁列成一排，在它们之间浮动着螺旋状的岚气，升得很高很高——刚好在冰雪覆盖的那些坡地之上。这些山岚使极其峭拔的陡坡越来越迷蒙,最后直到它们在一片黑暗中迷失，最后和最高的冰雪的边岸也似乎被那片黑暗吞没。我常常停下来直视我的上方,对那种静寂感到惊奇。

在那个下午,我到达一个叫迈里林根的地方,我想我要在该地再吃喝东西,所以我就走进大街,但发现那里喧闹吵嚷得厉害,是我从未遇到过的,非常讨厌。

有人拿着大告示牌和门票大喊大叫, 一边说:“这条路线去大瀑布,那条路线去奇洞。跟我来你就可以见到永远难忘的爱尔瀑布群。”等等。所以我想单独在这个世界之麓流连的幻想很快成为泡影。

我不久就把他们抛在后面。大路在河谷中逐步往上攀升,绕过另一边的一块巨岩;爱尔河在这里劈开一个峡谷,激流汹涌而形成一道瀑布,然后道路继续前伸,沉闷的一英里复一英里,我坚持循着它走下去,它始终缓缓地上升,爱尔河则在旁边咆哮而过,使更高的山谷充满它的回声。

我走过一些村庄。穿透上层岚雾照得湿润丰满的日光开始成为昏黄的暮色,同时也下过霏霏的细雨。天气寒冷,在道路下降的时候,我遇到一辆有篷的车,全速从我身旁经过,它不可能从山口过来,因为我知道那里还没有对大小车辆开放,所以它可能是从什么旅馆来的,若有旅馆我便可以找到。我回头去问路程,但车上的人已听不见了,我只好继续往前走下去。

我曾发誓要用我的靴子走到罗马的,可它已经破了。早在维森斯坦它们就张开了口, 布里恩泽格拉德又让其中一只的鞋底在大脚趾处获得充分自由,我行走时它拍打不停。很快我就要穿着鞋帮走了。我还得一瘸一拐地接着走,此外我讨厌又湿又冷的雨。可我非走下去不行。不再挥舞拐杖和唱歌，我吃力地靠着它，想到任务、死亡、被人离弃，以及别的字母开头[①]的可怕的事情，我也非往前走不行。要是我走回头路，那是好些英里都没有人烟的。

在天擦黑之前，仍旧可以看书，我望到在爱尔河另一边有一批房屋，没多久我又发现一道桥，我走的大路要经过它们。我到达那里走进第一家，心里想，我要吃点东西，要是不能再走下去，我就在这里睡一晚。

房子里有两个妇女，一个是老人，另一个则很年轻，她们都讲法语，是瓦德地方人。她们有苏格兰人一样的面庞，非常和气，但很古怪的是，她们是加尔文派教徒。我说："你们有青豆吗？"她们说："有。"我提出给我做一盘咸肉青豆，再来一瓶酒，同时我自己在大火炉旁把衣服烤干。这些她们很快都给我安排好了。我痛快地吃饱喝足。随后她们要我住一宿再走，付钱就是。但我因为酒食而恢复精力，于是表示了歉意，出门再度上路。天还没有黑下来。

通过冰雪地带的反光，现在它们透过雾气近在咫尺，白天恋恋不舍，去得特别迟缓。当我在昏暗中继续前行时，寒冷更为刺骨。除了稀少的生长不良的矮松，看不到树木。爱尔河是一条湍急而喧闹的浅流，夹带着好多尚未完全融化

---

① 英语任务(duty)、死亡(death)、离弃(dereliction)均以D字开头。

的冰雪和泥泞。野草稀稀拉拉地生长在岩石上,没有花。头上的薄雾现在离我挺近，穿过半明不暗的光线我仍旧稳步地继续往前。除开河水的喧腾周围的气氛荒凉寂寞,如同风平浪静的大海。我已经筋疲力尽,竭力支撑着的表面的健康把内心深处的疲惫加以掩盖——我觉得它越来越虚弱和单薄。疲劳使我头脑不清。路旁有时出现的悬崖峭壁,尤其是一个在一座高桥之下的，这里有一条支流以小瀑布的姿态泻入爱尔河,把我吓一跳。它们好像梦境一样空幻。最后天色黑暗了,我早已走进上层的迷雾里,或更准确地说,是云雾当中(因为现在我已到达云的高度),我看见浓雾里的一道亮光,离大路不远,通过松林照射出来。

我向着亮光走去,发现在亮处的一家新旅舍,不很大,但收费高昂。旅馆管理人员立即知道我是何许人,高兴地表示欢迎。他们给我热朗姆酒和糖,告诉我说我是今年到他们那里住宿的头一位客人,让我好好睡一觉。可是像一个被打得昏头昏脑的人那样,我是在疼痛中睡着的。然而我两次在夜晚突然醒来,定睛凝视黑暗。我已经过度耗损灵魂所依赖的肉体,我充满着恐惧。

下一天早晨,我吃到上等的咖啡、面包、黄油,并像一个富人那样得到了休息。在一个金碧辉煌的餐厅里,一切陈设都是为了富人,由一个一边鞠躬一边后退的家伙服侍。他们也要了我一大笔钱，眼睛不看我的靴子，依然对我彬彬有礼，我对他们也一样。后来我向他们买了一瓶酒——不是我在旅途上开头喝的本地酒，而是一种勃艮第葡萄酒，我把它用漂亮的白纸包着，卷成一个卷放在背包里，然后让他们去等候群山可能给他们送来的下一位客人。

云、雾，在那天清早越来越浓密，你只看见眼前的道路。天气冷得要命，我的衣服没有十分干，但我的情绪高昂，我向前推进十分顺利，虽然费力，一直走到人称荷斯·泰斯的地方，我揣测它一度是个修道院，但现在是个小饭店。我在这里喝到白兰地，从饭店出来我发现它是在一个轮廓分明的山脚下，这里是真正的格林塞尔关，是连结伯尔尼斯奥伯兰和东部的高山群的狭长地带。这个山梁或狭长地带陡峭如倾斜的屋顶——我发现它非常之高，全是光滑的黑色岩石，到处是紧贴在岩石斜面上成片的均匀的积雪。

到这里为止，一路上爱尔河一直与我为伴，大路虽然老是升高却平稳而不陡。现在爱尔河留在后面它发源的冰封的峡谷里，大路在悬崖绝壁的表面，以人工细心筑成的模式蜿蜒曲折地前进。有一条捷径，但我在迷雾中无法找到。那是一条骡子走的古老的小道。不过，这里那里还可以不用拐弯抹角地走，而是爬过陡峭的黑色的岩石和光滑的冰雪抄近路，同时有一缕缕的轻雾在我周围出没。经历一千尺的这种爬行后我到达格林塞尔关的顶点，但那是一个道路被雪崩所摧毁的地点。这里深深裂开一个路堑似的切口，要走到顶上既没有捷径也无法正常地登攀。

有一条小道通过山顶。在开头曲曲折折地下山时，我经过成为洼地状态的凄凉阴沉的死湖。雾仍旧笼罩着山脊边，像一群幽灵飘过冻结的湖面，随后，好像突然站在较矮的布里恩泽格拉特，朝向南方和太阳，云升高了，一朵朵地向后飘过，眼前只有一片广大的空间和突然呈现在对面清晰的远山和数千英尺下又小又远的陌生东西的景象。

从那里一个数千英尺高度的陡坡下望，整个一个地区或小小的世界尽收眼底。当时我从格林塞尔俯瞰罗纳河源头，在没有雾的地方，空气是那么澄清，不论我的目光转向何处，我可以轮廓分明地看清每样东西。高山挡住视线看不到很远的天边，然而我能看到的景色如同卖给我的那些彩色照片一样，干净利索，鲜明生动，明朗的绿草，明朗的白雪，蓝色的冰川如同宝石。

我仓促地下山，在山口的南坡没有冰雪，很容易离开大路而走古老的小道，避免走许多弯路。随着空气变得不那么稀薄，我感到饥饿，抵达山麓时，在富有朝气的罗纳河约两百英尺上方，我看见一个大旅馆。我绕路走到它的大门前，借问有没有吃的，价钱如何，“四法郎。”他们说。

“什么！”我说，“一顿饭四法郎！算了，让我在厨房里吃，只收我一法郎吧。”但由于他们习惯跟富人打交道，态度变得粗鲁顽固，所以我骂了他们一句转身上路。可是我非常之饿。

大路相当陡直地降下去，在那个河谷伴我而行的罗纳河，以小瀑布的方式跳跃奔泻。在一座桥上经过一个一边读书，一边显露伤感的英国人身旁，再往下走碰到有一辆车子里坐着两名美国妇女，这之后遇到一名教士，接着是一个放羊的孩子。总之我觉得自己又回到尘世，因为我走在一条修筑得不错的路上，一路都是下山，我想我能继续走到下一个村子。但我确实饿过了头，右脚的靴子几乎完了，左脚的靴子无恙但也没有什么值得吹嘘，这时我走到了一个地点，从那里可以看到好几英里的罗纳河谷。它好像一条笔直的沟渠，隔一段距离有小村落，是由非常脏的小农舍组成的，它们都盖在大石头上。两岸的山坡上都长有松树，高耸入云。我到达一个叫乌利亨的村子时饿得要晕倒。这个村子比别的村子稍大些，我认为从这里向前就可以过格利斯关或努芬伦关。不管怎么样，在乌利亨有一家小饭店叫“黑熊”，木头房、深檐、暖和、舒服，可是不整洁，摇摇欲坠，光线不好。我走进去，看见上帝喜爱的那类女人之一。

她是个中年妇女，外表看起来非常诚实单纯、和气善良。她正在烧菜做饭，她走到我跟前稍稍屈身表示欢迎，眼睛睁得大大的显出率真的神情，手里拿着一只大勺。她的脸盘十分宽平，我从未看见人的眼睛相隔那么开。她整个的步态、举止和口音证明她极为善良，径直可升天堂。我用法语向她招呼，她同样用法语回答，但不流利而粗俗，因为她的母语是一种山地德语。她说得非常慢，声音轻柔好听，她举止如同善良的好人的举止那样，我是指说话时心地坦然地直视着你。

她把食物放在我面前，还有酒。酒不错，但菜肴里面有某种可怕的香草或别的什么我以前从未吃过的东西——一种纯粹的调味料的气味，令人讨厌。你无法吃到别的东西，那又叫人作呕。可是为了她的缘故我吃了下去。

恢复精力后，我起身抓起我的拐杖，摇摇身体说："现在大约是中午了，我要出发前往边境去。"

一听此言她高喊一声，非常吓人，说那是发疯，恳求我别这么做。她跑出去到马厩带来一个人，个子高高的，眼睛无神，神情忧伤，他向我含有深意地打了一个招呼，告诉我在数英里范围内他是对山区是最熟悉的人。他说的话我后来问过许多人发现是不错的。他说他自孩提时候起只要可能就反复登越过努劳伦和格利斯关，倘若我要试图过去，当天就应在乐园饭店过夜。山上的云雾，刚下过的雪，目前在河谷下着的雨，格利斯关上的冰川，努劳伦关上没有路径的雪，会使一个有经验的向导自寻绝路，对于我就更是糟糕得发疯。他也谈到我的靴子，对我可怜的棉衣棉裤感到惊异，他又拿难以忍受的严寒恐吓我。

似乎我在国内读到的书都说努劳伦关上没有雪，它们说的是一年中稍后的季节。现在满是雪了，满是轻软的雪，完全为雾所掩盖，而在这样一天，也是我头一回一天中第三次登山[①]。至于格利斯关，顶上有冰川，需要天气晴朗才可以登攀。听罢所有这一切我说我愿意留下——但却心情沉重。我已感到笼罩我的失败的阴影。耽误时间是一根芒刺。我已经缺乏现金，我的下一笔钱是在米兰。再说，我定下日期返回英国。比这两方面更强有力的反对拖延时间的动机是急切的不安，它总是困扰着那些进行巨大冒险的人。

我让他答应第二天清晨三点叫醒我，要是没有暴风雪，帮我过格利斯关。至于努劳伦和克利斯塔林关，却在去罗马的直线上，我早已渴望登临，他说，不说恰好努劳伦无法通过，在那个季节爬克利斯塔林也犹如登月。这样一来我跟他达成的协议是至少带我过格利斯关，对此他说，要是人可能做到他明天就做。我把靴子送去修补，然后爬上床，整个下午阅读儿童的教科书。那是用法语编的，来自山谷较下的地区，相对如此虔诚的一家，非常具有日内瓦派[②]和异教味。日内瓦文明是这些人的生活准则，同时又跟教区一道反对加尔文教义，房间里放圣像，更不用说有圣水桶。

雨点敲打我的窗户。云雾在山间降得更低。接着，如《罗

---

① 在这一天内作者在早晨翻过布里恩泽格拉特山，中午翻过格林塞尔关，所以现在应是第三次登山。

② 日内瓦派指新教加尔文派，因其创立者约翰·加尔文定居于日内瓦而得名，跟旧教（天主教）是对立的教派。瑞士人民的宗教信仰颇为复杂，意大利族瑞士人一般信仰旧教，但又不排除加尔文派的影响。

兰之歌》中写到的："白天逝去，夜晚来临，我睡了。"

三点整向导来敲我的门，我起身迎接他。我喝了咖啡吃了面包。我们把火腿和面包放在背袋里，他放白酒我放白兰地，然后我们出发。天下着毛毛细雨，却没有风。天空大部分是阴沉的，但零星有一两颗星星。在我们越过潮湿的山谷时，夜晚的群山可怖地悬在我们上面。一道小木桥把我们送过富有活力的罗纳河，这里它不过是一条溪水，我们循着一条小径上溯到它的支流形成的峡谷，它通向努劳伦和格利斯。在走过一两英里后天色稍亮一点，这就不错，因几周前发生了一场大雪崩，我们得极为小心地走过去。

在山头大片冻雾下方流过一条轰鸣的急流。我记起科罗拉多，少年时我如何从一道桥上越过阿肯色河①。我们在令人不安的黎明中走下去。树林开始出现，这里有个十字架，本年四月间有个人从上面滑下来身亡。接着，非常不祥而讨厌的是，细雨变成了中雨，向导摇摇头，说在上面更高处正下雪。我们继续前进，天变得更亮。在未到真正的白天之前，我们越过一道挺不错的桥，是多年前建的，随后我们在一个小棚处停下来，那是牛群在晚夏化雪时歇息的地方。我们在那里休息了一会儿。

---

① 发源于美国科罗拉多州中部的河流，向东与东南流入密西西比河，全长一千四百五十英里。

但在我们离去时，却发现许多使人不安的事情。这里是个洼坑，峡谷的终点仿佛是个碗状的地方，从它而出的一条路是往努劳伦，另一条往格利斯。

我说，我们注意到许多不安的东西。首先，在两条小道下面那碗状的坑内是一片雪毯，有的地方露出小块黑色的水面。所有的山口和山峦，从顶到底都覆盖着很厚的雪。雪的深深的表层是新下的也是柔软的。其次，雨已变为雪。四面八方都下得很厚。我没有在别的地方看到过这种伟大的死神更逼近。第三，天气比通常的寒冷更厉害得多，我们还感觉开始刮风。第四，云降到相当低的程度。

向导说，过关是不可能了，但我说必须试试。我急于实行，还没有觉得寒冷已把我可畏地咬住不放。我们把努劳伦留在左面，那是个无望的峭壁，埋在雾中又加上新下的雪，我们的目的是格利斯。有半小时我们踏着深达膝盖之上的积雪前进，我薄薄的棉衣服全湿透了。到此为止向导知道我们多少是走在小道上，所以他继续走下去，我喘着气在他后面，我俩都不说话，但他偶尔回头看看以弄清楚我是否不见人影。

雪开始下得更密了，风刮得更猛。我担心向导又不愿走了，但他坚持得很好，我在他后面，继续踩着深雪一码又一码地奋勇向前攀登。雪下得更紧，风力在加强。

我们来到一个地方，它在暖季是一个山上草场，也就是草坡，非常陡，但并不使人望而生畏，偶尔有突出的小石崖断成梯级,若是在夏天毫不让人望而却步。如今既然一切如同北极那就是另外一回事了。一个纯粹的覆盖着积雪的陡坡,它迎着猛烈的风雪骤然下降的部分迷失不见,而它的顶部则在上方厚厚的云块里隐没。一个有点空心的向内弯曲的坡段,要是我们再走过去就必须越过它才行。我害怕了,因为我觉得在这样的情况下攀登对地势不熟很危险。向导说危险不大,假如人失脚滑倒可以安全滑下去,不然(不大可能会发生)滑过岩石则会丧命。

我的牙齿冷得有点打战,可是由于他没有提出回头的意见我就紧跟着他。坡地的表层是冻雪的板块和小块柔软的新雪交替。开头他劈出阶梯,接着我们骤然直下,我一度完全陷进去,在我脚底下一大块雪断裂,飞速直滚下坡。他指点我如何向后抓住拐杖像他拄着登山杖的姿势那样,在滑倒时作刹车使用。

我们用了二十分钟左右一直在冰雪覆盖的峭壁上爬行,我们肯定会遇到危险。在我们还没有达到对面的一边之前,风力加大成为一阵惊人的强风,怒吼着经过我们的耳边。表层的雪在风前如尘土般猛烈地旋转,刮过我们的面孔;雪花划过空中对着脸部吹扑,它们不落下来而是径直地冲刺和一闪而过。它们的姿态仿佛呼啸的大风,使我们的眼睛睁不开。在陡坡另一边的岩石,是我们出发要越过去的目标,在吹刮得更加厉害的暴风雪中早已消失得无影无踪,蓦然间在我们仍然弯着腰顶着狂风前进时隐隐约约地出现，大如房屋，我们透过蜂拥而来的雪花看见它们，如同在海上透过大雾看见巨大的船体。向导在最靠近的下风处蜷曲着身子蹲下来，我走上去挨着他，他把手放在我耳边大声喊道“不可能再往前走了”——他不得不这么喊叫因为在一大堆岩石当中大风发出的呼啸淹没了他的声音。

我问他离山顶有多远。他答他不知道具体有多少路，但离它不可能超过八百英尺。我只离意大利那么一段距离了，我不愿承认失败。我提出把我所有的钱给他作为继续往前的报酬，但这是我的傻主意，因为若我有足够的酬金，同时他也做出让步，我俩本来都会完蛋。幸运的是这数额太小。他摇摇头。他不想再走了，突然发起脾气来，不管究竟有多少钱。他大声向我说要吃喝点东西，我两个都照办了。

然后我理解了他的明智，因为一会儿寒冷的后果开始在我薄薄衣服下的身体内发作。我的双手麻木，我的脸部痛得难受，我的小腿支持不了，觉得好沉。我学到另一个经验（要是我以前习惯高山气候我本来会知晓的），回头不是件简单的事情。向导犹豫不决，是待在那个简陋的隐蔽处呢还是正视下山的机会。这种恐惧没有出现在我的脑海，我尽可能不去想它，我需要的是勇气，因为冷得厉害而接近崩溃。

似乎在这样一种折磨中（那是山区人民对这样的暴风雪的特称），停下来还是回转去永远是一件两难的事情。如果你回转而中途迷路,那就完了。如果你待在什么躲避的地点,风雪可以持续两三天,那你也活到头了。

待了一会儿之后他决定回转，但他老实告诉我很有可能发生的事情。我由于寒冷造成的难受而减轻恐惧是不幸中的幸运。但即使在那一小会儿我慌乱地不过很有意识地感觉到我是被打败了。我越过了这么多的高山大河,这么满意地在去罗马的始终如箭一般直的路线上奋勇前进，我坚定勇敢地进攻这一旅途上直线跨越阿尔卑斯山的大障碍——竟然功败垂成！即使在我感觉到的那种可怕的寒冷下，这一失败之感也像一股更深的痛苦的电流贯穿我对回归的疑虑。那里是意大利,就在上面,近在咫尺。像浮云一样提高一下,到了山顶再稍稍喘一口气,然后每向下一步本来会向着阳光璀璨的地方走去。可是实际上,我被赶回北方,可耻地退却,阿尔卑斯征服了我。

好了,我们往回走。向导两次用白兰地摩擦我的双手,一度我不得不停下来一会儿以便恢复，因为拿不住手杖而失手。信不信由你吧,我们上山的足迹已完全看不到,由于我们的暂停而被新雪覆盖,即便可见向导也不想追寻。他的举动开头我不理解,但很快看出那是明智的。他利用雪坡表层的一个陡峭的斜面下去，虽然这样一种下山的方式使我有点胆怯,不过结果还不错。因为我们垂直下降约九百或一千英尺后,即使我半麻木半晕眩,也感到风雪稍稍缓和了一点。又下降两百英尺,看见雪片不像闪光一样过去而是分别下落。接着不多几分钟后我们可以相当清楚地看到山坡往下很长的一段距离，很快之后又看看远远在脚下那山腰跟我们原先出发的地点,山下杯状的平原平缓地结合在一起。

我们见到这一情况时，向导对我说:“这样握住你的手杖,要是你坚强的话,让自己滑行。”我勉强地把住。我又带着难忍的疼痛恢复清醒。我们几乎以快如掉下去的速度从山坡滑下,但下坠时明显是安全的,因为终点清晰可见,一路没有断裂处和岩石。

我们到达下面的平原,走进小棚屋向上望山上的风雪;但是没有人能说清楚。下面这里是一片寂静,在上方令人恐怖和正在肆虐的东西似乎不过是一大团盘踞在山头使人不寒而栗的云。我们转向下面的河谷，我们就是从那里出发的,这样下来到达雪转变成雨的地方。在我们下山进入罗纳河谷时,发现云雾遮覆,较高处的树木白雪皑皑,好像形成山坡上的一条潮标线。

我重新走进“黑熊”饭店,沉默而生气,拒不接受这次失败的屈辱。吃过饭后我决心以同样的沉默采用别的傻瓜采用的路线,走一条优良的公路越过福尔卡,像任何一个旅游者,通过另一条优良的公路通过圣哥特哈德,如同数以百万计的人在我之前采用过的路线一样。

确实,放下手中的剑是辛酸的事情。

意大利

我没有钱等候了;失败使我的钱袋和心同样瘪下去。

在同一天下午,我心情郁闷地越过福尔卡关,完全像沿着伦敦圣詹姆士大街走向皮卡迪里广场一样容易。我在山顶也发现同样的大风雪,不过在公路上那是另一回事。我没有抄近路。在沿途所有的小饭店里我都喝了酒——山麓、半途、山头、山顶,雪花一直在飞舞。我告诉别人,在那个大雪纷飞的早晨我曾进攻格利斯关,并几乎攻克它,但他们把我当成一个撒谎者,所以我闭口不说了,即使在我的内心里也如此。我一路沉闷地看着白皑皑的地面,一直走到山峦的另一面足以摆脱风雪的低下部分。我又走到正在下着的雨中,我欢迎雨,让它像一个湿淋淋的朋友来抚慰我的湿淋淋的、冷漠的心灵。

我不想写圣哥特哈德，你可以从一本导游指南上了解它。我在觉得不想继续睡去的时候起床,高兴依然在下雨。在雨上面的浓雾给我更大的愉快。我在不早的时候优哉游哉地出发,没有鼓足劲头,我的心像一块烧得不旺的煤或不热的铁,因为我还在承认失败。你若是从未走过一条直线并坚持下去,也没有去过远方,见过奇人,你就知道不得不照常规路线参观访问的滋味。

只是在下午以及在那些曲曲弯弯比阿尔卑斯山其他地方拐得更为陡急的小路上(也许大路倒更为古老),事情才有所改变。

温暖的空气搅动着浓雾, 它无情地把我跟任何事物隔断,除了唯一的大路,也使我不能细心观察平常的景物。

在微风中反复浮现对优美事物的暗示或使人回忆起它们,缭绕的雾气在数码之外稍稍散开一些,在它们消散的地方,我想是接近一个更柔和、更值得喜爱的天地了。我好像受到一种关爱的抚慰。

我心里突然想:“我知道那是什么地方了!那是南国,我的大部分亲属所在的地方。人们仍旧可以称它为瑞士,不过我现在知道我是在意大利了, 那是在果树林中的意大利的大门。

然后行行重行行直到黄昏, 我不再计较昨天倒霉的厄运了,在经过所有那些北方的迷雾严寒,听说德语的日子之后,我在爱罗洛重新听到文明人的话语,看见强健的拉丁族的眼睛和这个种族的笔挺身体,我热泪盈眶,如同重返家园的游子,我能把土地亲吻。”

爱罗洛的美酒和它的歌曲，它们能使我恢复活力！我看见人们带有反应的眼神并向我还礼；无忧无虑的人异口同声说话的噪音；打纸牌的一群人和人类特有的笑声；妇女自然的举止，在所有的人身上都有某种正直和高尚的东西仿佛他们拥有大地。我在那里吃了一顿饭，跟左右所有进餐的朋友用我自己新的语言交谈，交杂着法语和意大利语，可以说是所有拉丁语族的精华。

我用手势充分地解释、夸张、强调，把整个事情表演一番，所以他们听懂了，基本正确理解了。但我发现理解他们更困难，因为他们用的是正规形式的语言，有词尾变化和特殊的词汇。

我心里想不对他们敬酒了，但在内心有一个想法，你不久会听到更详细一些。我的钱正在减少，一个文明人的渴望正在我的心头扩散，像夏天一朵在麦田上的云一样。他们许多人向我道晚安，分别时我忍不住吹嘘我是个往罗马去的朝圣者。他们一个传一个，一个人告诉我下一站停留的地方是一个叫伐依多的小城，沿大路往南走三小时就能到。他举起三个指头说明，这是我跟爱罗洛人最后的交谈，因为我立刻上路了。

我抬头瞥见黑暗的峡谷，如果我越过努劳伦我本来要从那里下来。我想起伐尔巴沃那，刚好过把守西西约那堵大壁嶂；在一个地方，那里有个裂口通向山巅，引起我几乎想回爱罗洛睡觉的兴趣，下一天早晨再试一试越过去。但我接受了在格利斯的命运的安排，下降的大路也阻止我这样做，所以我继续前行。

在这个新的山谷阳光下，样样东西都令人喜欢。夕阳依然强烈地从绵延不断的大山后照射；样样东西也是新的，我现在明显是在一个特别的国家里，山坡上人烟稠密，我来到了那水果和人类的发源地，很快我会看到她的城市，她那古老的城墙，以及流过它们的江河。教堂的斜边反复地以同样的形状出现在林木森森的山冈上，直到在较高的山坡上和雪地里不再有村落为止。房屋是方方正正的，色彩鲜艳，因为有凉亭而显得优雅，似乎到处没有别的而只是通情达理的人和安居乐业的景象，尤其是没有贫富之分。

我注意到在山那边和这边的所有这些情况。离开爱罗洛两小时不到我走到河谷中的一个坡段，因为蒂奇诺河[①]河谷是由层次分明的梯形平地构成，每个层次可能有一个湖，要走隔断道路，这个层次的地区就与世隔绝了。每层都以高高的岩石结束，其间夹着一个峡谷。蒂奇诺河以瀑布和急流的方式沿峡谷而下，道路就陡峭地随河而走，有堤岸和开出的通道，有时候要过桥从这边走到那边，同时上面的铁路通

---

① 蒂奇诺河是流经瑞士与意大利之间的一条河流，全长一百五十四英里。

过迂回的隧道，在它深入的道口远远的下方重新出现，从而绕道深入群山的深处，以克服地势急剧的下降。然后当这三者——河流、大路、铁路都越过了那个大坡段，河谷的一个新层次又展开，这就是大路进入南方的方式。随着我向下进入较低的山谷，虽然天色因黄昏而幽暗，有什么东西从山区的空气中溶解出来，在生长的草木上存在一种满足和温暖的气息，我发现那是适合开垦葡萄园的地方。这样，在还没有天黑之前我踏进伐依多，在那里度过一宿，经历了这么多的险境后跨过门槛终于占领了意大利。

第二天我在日出之前就出发，整个河谷都被晨光打扮得更美并因此而激动。

我已经把阿尔卑斯的悬崖峭壁抛在脑后，站在头一条意大利河流倾斜的河岸坡地上，也是进入它的国境的大路的顶上，口袋里只有八法郎四十生丁。在抵达米兰之前我无法得到更多的旅费。米兰离此有八十至九十英里的路程。沿严格的大路走则超过九十英里。因此这迫使我考虑这点钱如何支持到底。

没有别的办法只有强行军，而且前景谈不上享受。但这做得到吗？

我想做得到，我是这样分析的。

我需要大量的食物，这是实情，如果一个人要走很多路，他必须保持身体强健。许多人靠较少的钱做较多的事，这也是事实。另一方面，他们不受时间逼迫——我就是，但我不知道这个国家的习惯。九十英里得用整整的三天时间，两天则挺吃力。说实在的，两天是不是能做到毕竟可疑。但可以用两天两夜加第三天的一半。所以如果我这样计划，那么我会完成。具体说今天我走四十五英里或更多，在结束时随便睡一觉。食物可以花掉我三法郎。第二天我走二十五至三十英里，食物又花掉我三法郎。然后用剩下的两法郎十生丁在一天结束时租一个床位，第三天喝咖啡就面包，剩下的二十英里（那是可能的）的时候我长驱进入米兰，口袋还剩有一两个铜板。然后在米兰我收到我的钱后再吃一顿。

所以我精心而且精确地想好了计划，可是许多意外事故和没有料到的事情在群山中守候着我，打乱了我的计划。

好了，那么长话短说，我不得不强行军。带着八法郎十生丁，走八十五英里以上近九十英里的路程，才能到下一站休息，必须先作计划然后奋勇前进。我盘算："这事可能容易办到。九十英里意味什么？不就是漫长的两天？谁不能靠四法郎过一天。好多人靠两法郎过一天呢！"

在山谷两侧不挨着大道的许多小地方被我忽略过去。一大早，我到达人口稠密的小城波迪沃，由于喝咖啡、白兰地就面包，两天半八法郎的限度超支了。有一位先生和一位女士坐在马车里，他们不知道我往什么地方去，我（用法语）告诉他们"去罗马"。我赶到比亚斯卡时是早晨九点。阳光灿烂，气温不高，吃饭太早。他们给我一点冷肉、面包和酒，在我如退潮般的存款中七法郎流失了。在比亚斯卡，山谷有不同的面包，它变得更大，更有农村风味。绵亘的山岭退缩一些，姿态显得不是熟悉的那么嵯峨雄伟了，因为蒂奇诺河的河道转而向南，在整个地区的前头好几英里，这样一来似乎使它跟世界隔绝。你会说一座高山在我前面把它封闭起来，要是没有一个宽大的裂缝在东边群山之间开一个缺口，那会使它独具一格和不为人知，这使我想起在阿尔卑斯山顶上的种种通道。

确实，这个惯常去意大利的途径，我曾经对其不屑一顾，只是在登越格列斯失败后才接受，倒是蒂奇诺河谷应该分开自成一体，如同安道尔[①]或格莱西瓦丹，法国王太子妃封地达菲内[②]的头道大门内伊塞尔省的高贵的花园。

我累了，我的感官失去了敏锐性。然而我还是饶有兴趣地注意到我旅途上的新特点。恰好在我面前一座较低的山头明显地从西边的高山突兀而出，阻挡我看到比它更远的峰峦。平原是冲积而成的，萌生林、树林和许多耕地现在都找到了位置，在较高处，没有别的只有一条急流的河床，岸上光秃秃，紧接着的上方则是条纹状的一条条青草；这是值

---

① 安道尔，法国与西班牙边境的独立小公园。

② 达菲内，法国历史上东南部的一个行政区，包括现今的伊塞尔、上阿尔卑斯、屈罗姆三省。

得有一个特殊名称的地方,堪为一个庄园和农村。我继续向前走向山嘴的边缘和河流环绕它的地点，我面前高大的嶂壁似乎把河谷封闭起来。

那天正午,或者差不离吧,气温增高(我倒没觉得,因为我几乎没吃没喝),我走到河道的拐弯点,在我面前展开河谷较下部分的宽广扇形地带也是扩大的丰饶平原，蒂奇诺河成为一条像样的大河穿过它,波涛滚滚地流向马约尔湖,那是它大海般的旧宿地。

尽管我疲倦不堪，这片突如其来的阔大的天地让我鼓舞,使我除了眼前的景象忘记一切。随着河谷变得宽大,它自然而然地转而向南。阿尔卑斯在它的两边展开像两只大手臂迎接南方的白日;在夏天,没有污染物和熟悉的雾霭使更远的湖山显得模模糊糊,把它们变成紫色,一点安宁和遥远的意味添加在这片风景上;这是我好多天没有见到的。在那样的气氛和空间中有让你梦想的余地，也有让许多人生活的地方,在山坡上建立起小城镇,快活的在水上划船,到处过着熙熙攘攘安居乐业的生活。历史也许就在这一切里面,我记得它是许多大军的入口。唱着一支查理曼大帝时代的歌曲,在太阳下我高歌猛进;山谷中心和建立在尖尖小山上的一堵城墙和两座塔楼向我显示出别林佐那。在该城的主要大街和阴凉的一面我在一家门上有帘子的小酒店前的一条长凳上坐下来,吹嘘我在那天上午走了二十五英里。

酒店的女主人出来招呼我，问我一个问题。我没听懂（因为她讲的是异国的语言），但猜她的意思是问我来点儿什么，我点了味美思酒，看见面前有一张用红色石头造的奇异的门，我一边啜饮一边把它画下来。女主人一直跟我用我不懂的语言谈话。我一边作画，兴趣盎然地，忘掉了我的穷困，竟然提议跟她的丈夫干一杯，又请一个看我作画的闲人喝一杯，这样从我不到七法郎的存款中减少到恰好六法郎。铅笔从我手中落下，我害怕了。

"我做了一件蠢事，"我忖度，"使我努力取得的成功濒危。可是现在无法补救，我必须吃点儿东西，有朋友的地方最好请他们吃一顿，我要请请这位妇女。"

如果他们懂法语我本可以谈价钱作选择，由于我必须随他们拿什么吃什么，所以我跟他们一道坐下来，他们全都出来围着小桌一块儿吃，有汤有肉，酒和面包。我们边吃边谈，彼此并不了解，对互相的无知开心地大笑。他们只收我一法郎，这使我的六法郎降到五法郎。使我知道我对世界的微妙的义务，再付了两便士①，我在别的地方也会这么做的，算是小费吧，所以我带着四法郎八十生丁离开，更不用说我三分之一的任务已完成②，我起身时由于酒足饭饱，心情愉

① 作者心目中英国的便士相当于法国的生丁。
② 到别林佐那作者已走完去罗马的路程的三分之一。

快,昏昏欲睡,向他们打过招呼后就再次踏上旅途。

但在我离开别林佐那时眼下有个任务，这使我的穷困经受考验,因为你必然知道我的地图不佳,比例非常之小，从别林德那到卢加诺的道路有一个弯，关键是要找一条捷径。因此我要想办法尽可能参考一张便宜的地图。我毫不引人注意地向右走进一个可能是主要广场的地方，找到一家像是跟有钱人或财大气粗的旅游者做买卖，有气派的文具店。我带着几分自信走进去,用法语说:

“先生,我想知道这里跟卢加诺之间的山峦的情况。但我实在太穷而买不起地图。如果你们让我拿一张看一会儿，我愿按你们认可合适的价款付钱。”

恶劣的文具商出于傲慢变得像魔鬼，他怒目而视地对我说:

“看吧!你自己去找。我们不要便士。我们只卖地图;我们不出租！”

我接着想,我要不要从这样一个人那里接受优待呢?

可是我让步了,自己去看。我走到墙壁前,把墙上的大地图琢磨了一会儿。随后当我离开时我对他说:

“先生,我会永远记得您对我表示这种非同一般善意的这一天,我也不会忘记您的礼貌和友好。”

你想对此他是怎么回应的呢?

噫,他突然露出一脸的微笑,似乎从魔鬼变成美人,他一边鞠躬一边说："不论我能为来这个小城的访客和我的顾客做什么，我会永远乐于去做的。请吧，先生，您不想再看一会儿别的地图吗？"

为什么他说这种话，又高兴得像得到安抚的滴水怪兽[①]那样咧嘴笑？是不是我的口气暗示财富？或者他天生和善？我不知道，但是我肯定你永远不要仅仅凭第一次，也不要凭第十次印象憎厌别人。谁知道呢？别从佐那的那个卖地图的人也许是个好人，不管怎么说，他在我离开他如同我找到他时一样，没有损失毫发。我记得强行军的真正的关键在于把二十四小时分成三片，眼下我感到酷热难熬，我脱离火辣辣的笔直的大道沿线，直至我发现一条狭长的草地和一条树篱，在那里，尽管有尘土和不断来往的大车，我还是伸开手脚一头躺在阴凉处，不管什么后果且睡它一觉再说。就在我刚要睡着忘掉尘世时，我听到钟打两点。

我在树篱下睡了两个小时，在我醒来时空气不再是一个使人害怕的火炉了，但我周围的一切都仿佛是裹在南方午后的一件斗篷里，同时静悄悄地。太阳已落下一半，以平稳的光辉透过马约尔湖上的轻雾照射，也照着宽大而草木葱茏的溪谷临湖港湾。在我眼前横陈着一条在高山脚下笔直的好几英里长的公路，然后在远处，这条大路似乎在一座

---

① 哥特式建筑屋檐上的怪兽状雨漏。

我相信是叫阿息山或辛德尔山的山口结束。但我的不完善的地图告诉我，在这里它突然拐一个弯向左，选择一个山口,然后拐弯通向卢加诺。

如果是一只乌鸦,从我站立的地方飞往卢加诺,距离不到十五英里,我决心登越刚好在我眼前的高峰绕过那个弯。这些山冈只在山坡有柳林，它们的山顶和大部分山腰是晒得焦干的有草的开阔高地,当中到处都有岩石。在头一条岔路处我就从大路偏离向东开始攀登。

在栗树林下的小路变成许多人走出来的模糊不清的小径。我循着痕迹向上走。到处有掩藏在叶荫中的小屋,很快我跨过铁路，最后在树林上方我看到了整个别林佐那谷向北一方的全景,我把目光一转,尽管有薄雾,还是看到在壁嶂之间它扩展开去直到湖光非常明亮地呈现的地方，雾使湖拉开了距离,可是环绕它的山色却得到了美化,似乎不过是湖光的一部分。

意大利的湖泊本身具有那种光彩，它们的风姿使它们摆脱平凡的生活气息。它们的美不是我们每个人在这个尘世独自看到的,它不如说是一种特别创造出来的美,某种心灵的表现。对天真无邪的眼睛——我指的是一个刚刚占有这片光辉大地的庄园，而且以为他们自己是永生的少男少女——对他们的眼睛来说，是头一回新鲜地注意到我们伟大的时间的遗产,欧洲这个圣地也许会永存在记忆中。那是一次迷人的几乎触及音乐边缘的视觉经验。他们会拿这些湖泊寄托他们青年时代的主要感情。这意味着作为人,他们也会不顾岁月流逝和对死亡的充分认识,依然试图只让感觉满意,依然为自己优美的趣味而自豪,正是由于这一点他们才取得这种满意的。意大利的湖泊好像一个适合于居住的地方,这样一个人在这里也许心满意足地构筑他的茅舍。但对普通的基督徒来说在它们的这种美里面有某种非自然的东西,他们发现其中要么是一个只有通过长得多的道路才能得到的乐园,要么就是一种诱惑或魔术用的帷幔,在后面掩藏着巨大的危险。尽管我们全都知道,在尘世以外的世界也许实际上并不具有这种两面性;但对尘世间的我们而言——如果我们是普通的人——这种美有某种邪恶的意味。难道你从书本没有读过当人们看到即使是神圣的幻影时也觉得害怕吗?所以我眺望马约尔湖的光环时我也害怕,我高兴地越过山脊和峰顶,高山把那幅四面都被光辉包围的图画挡住了。

然而在山的另一面我发现,使我大为讨厌的是:不是像我希望的那样,一条优美的通往卢加诺的下坡路,而是又一个幽闭的山谷和挡住我的去路的另一条山脉。我缺乏登攀这个山头的耐心,因此循着山麓的沼泽地,绕过这座山冈的末端,来到铁道线,它穿过我跨越的山头的山下隧道。我循着铁路又走了一小会儿,最后跨过它,深入一片稠密的杂木林，涉过一条混浊的小溪，发觉我又回到大路，我衷心希望我从未离开它。

离卢加诺仍至少有七英里，虽然一路是下坡，但我还是感到疲乏。穿过沼泽地和难对付的灌木丛，抄近路走过一点也说不上是捷径的路，虽然天色已是黄昏，我却一点儿也不敢休息。我正纳闷到了什么地方，这时在大路拐弯处出现一幢粉红色的小屋，它带有一个整个被一棵大树掩映的院子，院子里还有一个葡萄架，架上长满葡萄蔓遮住了阳光，架下一套简朴的长凳和餐桌。

"神仙下山来也会走进这样的房子里去跟人说话。"我想，这样的房子是冒险故事中的场景。我愿意进去休息。

所以我径直走进院子，发现那里有一个枯瘦而面色棕褐的男人，有一双和善的眼睛，他正在唱歌自娱。他会讲自己的意大利语外还能讲一点点法语和一点点英语。他到过美国和巴黎；他的谈话充满回忆；我听了一遍后请他给我来点儿吃的和喝的，说我穷到极点，不得不讲讲价钱，他一本正经地答道："我不会骗你；我是个老实人；我也穷。"如此等等。可是我对每样东西都进行讨价还价——面包、香肠、啤酒。看到我迫切需要，他开口要我原价的三倍，然而我还价到两倍，再低他不干。然后我们在桌旁一同坐下又吃又喝，谈论远方的国家。他中途插话表示跟他邻居的卑劣相比他如何诚实，我避开说明我的贫穷和需要，掏出我剩下的四法郎，把它们在我手里弄得可怜地叮当响。“我必须用这点钱走到米兰。”我说。

我离开他，沿大路走去，一阵轻风吹来，带来黄昏的凉爽。

最后，低下去的高原到了边缘，下方点点细小的灯光闪烁，我坐在一块石头上眺望卢加诺城。

天色已近擦黑。周围山峦的线条看不见了，在天空留下扁平的黑影。我下方刚出现的新的湖泊在暮色里像水一样明亮，远远的东方和北方，巍峨的阿尔卑斯依然挺立接受黄昏的露光。夜色中，有一些疏星照耀。从卢城传来远方音乐的噪音；此外便是一片寂静。

我本来在那里可以休息一长段时间，让我疲倦的身体进入渐浓的黑暗，在我的精神方面捕捉由静寂而产生的灵感——要不就是饥肠辘辘。我凭经验知道如果时间很晚你在供应旅人的饮食店是得不到一餐的，我又没有钱去别的地方。所以我起身拖着脚步沿陡直的大路走进小城，我发现一个有骑楼的广场，在它的东南角上有一个正是我需要的小酒店，我因而进去脱掉帽子，低低地拿着，对一个男子，他也是主人正和几个朋友坐在一块儿，用法语说：“你给我来一客饭菜，最低的价钱是多少？”

“您要什么呢？”

我回答：“汤、肉、蔬菜、面包和一点儿酒。”

他用指头计算，同时他所有的朋友都尊敬地看着他和我。然后他做出指示，一个非常年轻而漂亮的姑娘把一客饭菜放到我面前，那味道之佳妙是我连续多日来未曾尝到的，他只要我付一个半法郎。

他又另外给我咖啡和少量干酪，我觉得饭菜丰盛，又多给了三便士，他们非常亲切友好地一齐祝我晚安。但他们的祝愿落空了，因为那一晚非常糟糕。

我已经走了四十多英里，究竟这“多”是超过多少我不知道。我本该在卢加诺借宿，但我减轻的钱包不允许。我考虑，我要前进再前进，毕竟我已经睡过了，又完成了白天的任务的最艰巨部分，我愿意继续前进直到筋疲力尽，然后找一处树林睡觉。

我走下去不到四英里，还没有达到湖畔，听不到卢加诺的乐队的音乐在水上飘荡，就没有气力了，我受到必须休息的压力。时间大概是十点，天空寥廓，星光灿烂，我爬上右边的一道土坡，找到靠近电线杆的一棵树下方躺下，这里有一块干枯的草地可以躺下，看着湖光而等待睡眠降临。我伸开手足躺在干燥的大地上，头靠着我的小挂包当枕头，眼望着山冈上面的清朗的夜色，倾听着遥远、遥远的笙歌的同时，我纳闷，在这个陌生的南欧国家是不是有蛇在下层林中四处滑动。在这种胡思乱想的支配下我平静下来慢慢睡着了。

有一小阵我酣眠得连梦也没有。

但后来一个梦干扰了我的好睡，也给我带来痛苦。我梦见我跟人发生了争执,开头还轻松,接着剧烈起来。他越来越紧逼我,我清楚地记得梦中我们的谈话,他对我说:“你准错了,因为你这么冰凉,要是你没错就不会这么冷。”这个看法似乎在梦中使我感到合情合理, 我小声对他说:“你说得对。我准是错了。天气很冷……”然后我把眼睛半张,看见了电线杆、树和湖。远远地在湖上,在意大利的边界线分割的这一边,鱼雷艇在打着探照灯搜索走私船,其中一道巡回的光柱完全落到我身上,我彻底清醒过来。我立起身,确实挺冷, 有一种无法用温度表达的牢牢紧扣的寒意在空气的湿度里,或者也许在空气某种难以捉摸的作用里。

我坐在土坡上,有点儿绝望地注视着湖。没有被子我肯定无法再入眠了,这时已过午夜,我也不知道何处有人家,我走上一英里、两英里,以至五英里,是否会找到一户也难说。请注意,我筋疲力竭了。从伐依多出发的长征,虽然明智地在别林佐那经过一度午休, 需要不止几个小时在树下哪怕是寒冷的天气下的休息, 我想到我口袋里三个微不足道的法郎和去米兰剩下的三十八英里。

星星已经慢慢走过在天空的轨道的一半, 我守望着它们,它们辉煌壮丽、井然有序,出于同感,我也规矩地,但慢慢地吃力地勉强踏上我预定的道路。但为时不久, 一栋高大、四方、白色的房子出现在大路的右侧,使我极为高兴的是我看到在它高处的窗户之一上有灯光。站在下面我放开嗓门大喊五到六声“喂！”一个女人从窗户里把头伸出到清新的夜色中，说道：“你不能在这里睡了。我们没有房间。”然后她并不缩回去，准备把暂时的困难解释一番。她是个胖胖的性情温良的妇女。

转眼之间，同一楼层的另一扇窗户打开了，但离开我较远，一个男人探身出来，恰似那些报告天气的交替出现的玩偶。“这不可能，”这个男人说，“我们没有房间。”

接着他们一同说了一大堆理由，我对他们同时喊道：“你们是什么人？总不能叫我睡在森林里吧？天气太冷！你们不是要害死我吧？我到卢加诺去——再说——也不能往回走啊！”如此等等①。

他们一唱一和地回答，有时候全部是合唱，然后又是半合唱，再加变奏，说那不可能。然后他们的大门门缝露出灯光，铁锁吱嘎一响，大门打开。第三者，一个年轻人，站在店堂里。我向前进入裂口，把店堂占领。他在烛光之上眨巴着眼睛，嘟哝着表示道歉说：“这不行。”

凭我跟这些南方人的默契我明白我胜利了，因而我对他点头微笑，他也微笑，向我示意。他领着我上楼，让我看一个干净的房间内的一张诱人的床，房间里挂着一张教皇像，看上去不大老实，那个可喜而有人情味的地方收费六便士。

---

① 作者这段话夹杂意大利语、法语以至拉丁语，只好统译为中文。

在我向年轻人道晚安的同时，上面的那个男人和女人也向我道晚安。这就是我头一遭认识意大利性格的最固定不变的特点。善良的人民啊！

我醒来起床,是头一个起身到外面来的人。正是地道的早晨。太阳还没有完全升到东边的山峦之上,但我已睡了一觉,虽然短可是非常从容舒服,世界仿佛焕然一新,充满快乐的精神。天空的色彩像高级的金属雕像,是你在巴黎的雕塑室看得到的;里面的金色淡化成青铜色,而此刻在天空,青铜色又淡化成银白色。微微的晨风无畏又平稳地吹拂着湖面,把湖水激起欢乐的涟漪,万物都在跳动,享受着白天的愉快。

卢加诺湖形状复杂，有许多湖汊。我所在的地方非常窄,也非常浅;一道防波堤贯穿西端,有低拱,跨越湖汊,通过这道堤,铁路和公路通向东岸。我转身走上这条长长的堤道,向北方观望。在远处的湖岸上有一个古老的村落,近处则有几处富人的娱乐场所。游艇正启航开往湖上各处,它们覆盖着罩篷,看去像是在水上漂浮的大篷车。这是用来为划手遮阳的。远处有个人正驾驶一条小小的棕褐色的撑竿帆船。早晨了,整个世界都活跃起来。

村子里的咖啡使我只剩下两法郎两便士。我仍旧想达到目标,清早的时辰是令人鼓舞又使人失望的,一路前行直到左面的一个古旧而美丽的院子,我把它画下来。听到远处的钟声我看见一座毁坏的教堂,教堂前面有一棵树,我进去参加弥撒。尽管是一个小村的不引人注目的弥撒，可是教士和三个执行仪式的助手（一个天主教国家的真正的虔诚的标志！），这些尽职的孩子们忙个不停而又不知所措。

大路现在接近湖的尽头，这里的小城叫“湖首”，在我的右侧。不大一会儿我也突然发现大片平原，约在我前头五英里处有一座低矮的山冈，是这个山系的最后的起伏，就在我站立的地方之上是它的最后的高峰，一座光秃秃的岩石的陡直的绝顶。在它上面铺设了一条齿轨铁路通向某个旅舍或别的什么地点。在越来越热的炎热天气下我经过一个古镇。这里有一个意大利式的墓园，墓园里大理石的普通人雕像栩栩如生。大路转而向左，我正好是在最后的山头，站在阿尔卑斯最后一个南坡上，我的前面是伦巴底平原。

在这个瑞士行政区的结尾，我比此前更明显地是在意大利。一个小村庄坐落在岩石上，下面是深密的树林和峡谷，它的房舍和教堂都透露十足的意大利风味。

边境的小城叫契玉梭。我怀着敬意在接触这块神圣的沃土之前犹豫，那是我费了这么漫长的时间才到达的，我渴望为它的健康干一杯；但我估计，虽然走了有十英里，天气愈来愈炎热，我也不愿停步不前。因为我记住身边只有两法郎，我先前要到达米兰的决心正在动摇和瓦解。正午的酷热很快就会在我身上产生影响，我还要走将近三十英里，难过的一宿开始对我施加压力。

我跨过边境，在这里是一条想象的界线。两个衣冠不整的海关人员问我有什么东西要征税。我说“没有。”十分明显，因为在我小小的包袱和口袋里什么也没有，除了一片面包。如果他们进行美国式的检查，在我身上有没有带钱，那么真的可能要我转身回去，我会被迫走进野地四分之一英里左右，不走公路而抄小路进入他们的国家。

幸好免去我这种必要。我慢慢攀登遮住科摩的长长的山坡，然后我下山朝那座可爱的城市走去，看到它周围的青山和在我下方的湖。

这些景物不像肉眼所见的东西。我再说一遍，它们好像弹奏音乐所带来的感觉那样。

我在十点和十一点之间进入科摩，饿得头晕目眩。随后一种新的兴趣使我对这回愉快的旅程留下许多难忘的印象。科摩湖正在汛期，全城变成一片泽国。

干燥的科摩城一定十分有趣，水淹的科摩是个奇迹。威尼斯是怎样的呢？这里是一个高山下的威尼斯，一切都在水中，没有街道也没有广场，要是给航海家探测，有三英尺半左右的精确平均深度。

到处船只不多，但科摩的交通和乐趣是行走在水上的支架和木板上，像桥一样。对那些来去匆匆而且出得起车马费的人，犹如伦敦的出租马车和汽车一般的手推独轮车、轻型两轮大车，等等，雇人拉着走。看科摩的有钱人盘腿坐在这些大车小车上，由穷人到处拉着，是终生难忘的景象，这也确实是所有现代社会学、经济学、宗教、有组织的慈善事业，以及紧张繁重的生活和自由主义及诡辩的通盘缩影。

我决心要探索一下这个水中奇异城市，我尤其渴望着看它的湖畔地区的情况，因为在那里你会得到它真正作为一个水城的最深刻的印象。因此我往北走，在我向目标前进时，竟然意外地来到那令人惊讶的大教堂。它似乎是用打磨过的大理石盖的，在所有方面都是这么精美匀称，雕刻得那么细致，姿态上那么轩昂，我心里想：

“你到一个国家的第一座城市，它有如此一座建筑物，难怪人们赞美意大利。”

但是随着你后来会看到的情况，许多受到赞美的东西并不美，那些不实之词不过是一些人跟着冒充内行的骗子学舌而已。

我继续往前走去直到湖畔，那里我发现一个小港口，大约像一个餐厅一般大。意大利的湖泊起着海的作用。它们有小港市、小灯塔、作战的小型舰队、小型海关、小风暴、小汽艇队伍。假如你想给一个富家的孩子整套玩具模型，再没有比一个意大利湖泊更好的玩意儿了。科摩这座小城，看起来似乎就在湖中，我长久注视着它，觉得晕眩，心里想，这是缺乏食物的缘故，因为在拂晓十英里的步行，除了咖啡和面包，我没吃什么东西。

我掏出我的两法郎，走进一家小店，我买了面包、香肠和四便士的少许酒，剩下一法郎八十便士，我站在街上一边吃一边不知下一步怎么办。

在地图上似乎距离米兰有二十五或二十六英里。这时将近中午，要多热有多热。如果我坚持到底走完这段路程也许用八至九小时，但是我自知在伦巴底平原午间的炎热下步行是办不到的，即使我能够，到达米兰也已是黄昏甚至更晚，这时邮局已关门（我的钱在里面），因为我的一法郎八十便士已经花完，我睡在哪儿呢？一个人走过这么多路程，一天必须饱餐一顿，否则会病倒。我可以乞讨，但要冒被捕的风险——那意味时间不明的浪费，也许是若干天。时间已在格利斯打败过我，这里又会对我构成威胁。我既没有东西可卖可当，又没有亲戚朋友。我不愿去找领事，我太清楚又穷又脏的人去找他们会有什么下场，再说此地也没有领事馆。我反复考虑过了。

我走进清凉的大教堂，坐在它优美的阴影里更好地思考，我坐在一个燃点着蜡烛的神龛前，那是信徒私人许愿的。在许多蜡烛中有两支快要燃尽。我守望着它们慢慢地熄灭时想到一个主意。

我心里想，用这些蜡烛算个命由天意决定吧，左边的那支是尝试冒病倒或非常危险的失败上路，右边的那支则是由铁路走，到一法郎八十便士用完的地点为止，从那儿再走进米兰，燃得久一些的代表神谕——老天爷保佑右边的吧！

它们熄灭前还有一段长时间，它们均等地降下去。最后右边的那支冒出蜡烛熄灭前的长长的火焰。这场比赛引起我的兴致，甚至兴奋，当我刚认为左边那支肯定取得胜利时，它不用猜想或警告，像二流人物一样离开这个世界到另一个世界去了。右边的蜡烛把它的火焰摇曳得更高，一瞬间胜过它的同伴，好像欢欣鼓舞似的庆祝光荣胜利，然后轮到它跳动一下沿着黑暗的道路走下去了，它们说再不回还。

谁也不敢对神的声音提出抗议，我径直走向最近的铁路站(因为有两个)放下一法郎八十便士，用法语说买一张票，按这笔钱不管到沿线哪个站都行。车票出来标出是米兰。我承认这个奇迹，坦言这是上帝的手指造成的。大局已定，我走进火车，变成最罕见的无法超越的那类旅客，身上不名一文——没有护照，没有介绍信函，没有食物没有酒。倘若火车出了故障，结果会有我好看。

我已走了三百七十八英里和三弗隆。

这样一来我打破了我最近刚作出的也是最宝贵的誓言——但由直接的神谕——随着火车轰隆轰隆地开走，滚滚向前的车轮让我大大享受一番。

火车不停地向前开行。我从车窗向窗外望去，伦巴底是一片平川广野。我倾听着车厢内拥挤的农民的高谈。他们的话我一句也不懂。我两次探身出去看看米兰是不是从平原上在我眼前挺然兀立，但什么也没看到。随后我睡着了，突然醒来时，火车已到达终点站——那个宏伟壮观的名城。接着我开始奔波寻索我必不可少的旅费。

米兰是一个多么壮丽的城市啊！高楼大厦全是石头建筑物，沿着又宽又直的街道，位置整齐有序。疾驶的车辆，用电车开动，因为供电充足，即使在夏天的酷热下人们也是活泼机敏的；有许多非常漂亮的商店，虽然它们稍显花哨。琳琅满目的报纸有助于米兰人开阔眼界，培养他们宽宏大度和谦逊的美德。银行发行纸币，资金充足。街头有军人，优良的人行道，一切满足人的灵魂和肉体需要的东西。咖啡馆、骑楼、电影院，以及一切尽善尽美的事物。整个城市的精华集中在一个辉煌壮丽的露天广场，广场的中央便是全世界最著名的米兰大教堂。

我旅行的目标是罗马，我关心的是寻幽探胜，高山邃谷，心情的回忆。详尽地描述这个大都会将浪费笔墨。雾、雪、森林，没有尽头的道路已使我跟这个地方不相宜，我感到惭愧。我坐在一家咖啡店的外面，对面是大教堂，我守望着它那有灯光的小尖塔，但我还是觉得惭愧。或许我坐在漂亮的大咖啡店外，边幅不修，穿着这身衣服像一个流浪汉，伤害了它的主人；但他尽管有钱却是客客气气的，我也为他点了一客非常高级的饮料，作为弥补。我向他展示我的素描，用法语告诉他我的历险记，他十分好心地坐在我对面，跟我一同喝。他很轻松流畅地说着法语，好像在意大利北部主要城市所有这类人一样。可是在光天化日之下我依然觉得惭愧，只有在夜色降临时才觉得安然。

我在大街上漫游，直到我看见一家小饮食店，在那里我吃了一顿饭。但是如果一个人过着穷人的生活，你看得出大城市的日子有多艰难，比起简朴的农村样样东西价钱较贵而质量较差。小客栈老板和他的老婆为人和气，但他们的眼神流露对人怀疑。他们给我一个铺位，却要一法郎多，我还没有上楼去睡，得先付租金。墙壁长了霉，房子摇摇欲坠，使人不舒服，患佝偻病的床邋里邋遢，门是破的而且翘起来，那一宿我被贫穷的幻影压抑得心情沉重，污秽、嘈杂、非人的情况包围着我。可是人们心意并不坏……

曙光初露我就悄悄地起身，高兴地又走上街道呼吸新鲜空气。我站在大教堂的地下室里听安布罗斯弥撒[①]。

然后我沿着长街走出，这条大街引导我往南走出米兰，很快就走上单调乏味而贫穷破烂的郊区往皮琴察的道路。天空是灰暗的，天气冷得使人不舒服，过一小会儿，唉，下起雨来了。

---

① 圣安布罗斯(339？—397)意大利人，曾任米兰主教，这里指由他制订的一套弥撒仪式，包括祷告、音乐等。

伦巴底[1]

伦巴底是一片冲积土平原。

这是对它的漂亮的说法。事实是假如你说伦巴底平坦如一片沼泽，是由淤泥构成的则更为逼真。当然，在太阳照晒着的时候淤泥丁涸了，不过淤泥毕竟是淤泥，而且始终是淤泥。那天，随着雨开始下起来，淤泥的面目就迅速露出来了。当潮润的泥土由于前一天的炎热而露出裂缝时，它看起来更是淤泥。

伦巴底没有森林而只有数量不等的树林。不仅如此(那非常值得注意)，它全部开垦为有几分像正方形的田地，这些田地周边有沟渠环绕，渠内满是淤泥，渠水慢慢地流，有的田地本身就在水下以便种水稻。所有这些田地的边缘除了长期固定的树丛外，另有新种上的一些树木，这些新种的树都不很高。伦巴底没有开阔的风景，到处都一样。不规则

① 意大利北部地区，主要城市米兰。

的大农庄随意地上上下下分布在本地区，伦巴底没有一平方英里是空荡荡的。有许多小村庄;许多分散的小城镇,相隔七至八英里,一大批大城镇则相隔三十至五十英里。真的,这条通往皮琴察的大道，现在雨把它蒙上一层绝望的面纱,是在两个城镇之间最长的距离之一,虽然还不到五十英里。

许多书中总是说伦巴底的夏天是一个火炉，整个大军在酷热的天气下曾经在这里热死，所以这条河的河岸是一个阴凉的好地方。清甜的河水比玻璃还透亮,映出不肯安静的白杨树的影子,使热得不得了的夏天变得可以忍受,甚至怡人。实际情况并非如此。那是北方人的心理衡量北方的事物，从而得出这个结论。在整个伦巴底没有一条清澄的小河,而是每条河流与溪水都是污泥滚滚。在下面的时候危险的不是炎热而是一种潮湿而刺骨的寒冷。没有人在河岸上行走,它们是松垮的土壁,一团乱七八糟的烂泥。

不管怎么说,显然我得循着大路走一阵,我决心最后向右转向一条小路,通过一个叫“旧罗迪”的地方。我是这样推断的:罗迪是个名城,“旧罗迪”是罗迪的老城,那该更有意思得多。

还不到将近正午,可是我已经走了大约十五英里,只在贫困的特拉托利亚休息了一次。又走了不到三英里,我来到那个不整洁的和冗长乏味的小村,它建立在一片污秽之上，生活在贫困中。通过无声无息、寒冷顽强的雨,我蹚着泥水走过它主要的大街。我经过几只可怜的冷得打哆嗦的狗和借着断壁残垣躲雨的垂头丧气的家禽，还经过一匹在雨中低着头，站在那里等候主人的可悲的马，最终来到一个露天广场，那里有一座教堂，于是我知道旧罗迪可以给我的一切。于是我走进一家小饮食店，在教堂的对面，我发现一个姑娘和她的母亲在伺候客人，我向她们打一个招呼，但店堂里没有生火，我的心降到了那个房间温度的水平，我估计，不超过华氏五十四度。

一本书——它有权力选择写什么和强调什么——没有必要记下沉闷乏味的事情。我在旧罗迪干了什么呢？吃饭，在厨房里一个温热的炉灶前把我的衣服烤干，我尽力让那个姑娘和她的母亲听明白我的话。我坐在一个窗户前大致把那个难看的教堂画下来，它跟伦巴底平原很相称。别人告诉我伦巴底充满奇妙的东西，我放弃走小路的一切希望，决定转弯抹角地折回大路去算了——为了节省时间。

这些地图上的小路在实际生活中原来是各种各样踩出来的极为糟糕的小径。有少数铺了碎石，有的不过是车辙，有的是可以通行但野草丛生的胡同，大部分挨着它们有一条恶劣的水沟，在许多积水的田地里一片荒芜。要是说眼前毕竟有一条路可走，那我就是迷途了。我无法打听出一条路线来，因为我的目标是皮琴察，那还远得很。我不知道中途任何地方的名称。我走过两三群房屋，有时教堂的塔楼在雨中朦胧地出现。我走过一条比其余的小路都要宽阔一点的道路，但显然不是我要走的路线；我不顾困难继续往前，又经过另一条路。到这时，我已在伦巴底跋涉了四个小时，我完全迷路了。我完全找不着北，说不准要不要折回去。唯一确定的事实是我置身在大路和兰布罗河之间的一条地带上。在这样一天临近尾声时，要想了解情况已经来不及了。绝望之下，我在内心疾呼出现一个奇迹就好了。过了好久我才看见一个小个子的驼背男人坐在一辆摇摇晃晃的大车上，以比步行还慢的速度——好比马在爬行，走在我前头。我赶上他，却非常怀疑他懂不懂我的意思，我反复对他说：

“大路？去皮琴察的路？”①

他摇摇头仿佛表示这条肮脏的小路不是大路。正在我一筹莫展陷于绝望时，他用胳臂指着右方，跟我们所走的路形呈直角，再点点头。他用手上下移动，原来我一直是向北走。

一旦明白这个信号，我不等走到十字路口就立刻跳过小沟，穿过长长的野草，再越过一条条水沟，沿着种庄稼的一块块田地的边缘，不顾我穿着靴子的体重和冒水的地面一口气冲过去，直到看见衬着下面的天空的一排电线杆。自它们被人竖立起来这是头一回自己的风采给人以欢乐。一口长形的池塘，池水停滞不流长满芦苇，在我和铁道之间。

---

① 作者这里用的是意大利语。

我沿着它的侧面走过去，发现一条道路，它达到一定高度就穿过铁道，导引我走向皮琴察的大道。随即出现一个村子，它是个肮脏的小地方，叫塞古格拉诺。我在此走进一栋房子，因为它的门上挂着一束常春藤枝，那是酒店的标记。一个老态龙钟的老妪接待我吃喝，并安排了一个床位。夜幕降临，我能听到在我上面的屋顶上有规律的雨声。

第二天早晨仍在下雨。

直到你靠近波河你才看得见它。走过大路的一个弯，你来到许多高大的树木中间，大路在你面前笔直地伸展出去。你走进一片广大的翻腾的水面，大路跟你一样，泡在水中或露出水面，它看起来不像桥，倒像一个码头。它不升起来，外表完全是一段切削下来的路段，浮在水上。

其所以如此完全不像桥是因为路是在船上通过的，如同莱茵河上的有些桥一样。

波河在这里是经船桥而过。

它是一条巨流。在晃动的浮桥中途上，这么接近奔腾的河水，甚至有点令人不安。那天它的速度和湍急因降雨而加强。雨打在水面的痕迹显示水流的快速，它无声的降落增大了这条大河的纷乱。

一旦过了河，去皮琴察便是一步之遥了——通过淤泥雨水的一步。在春天人说甚至伦巴底平原也是丰满美丽的，可是在夏天我根据亲身经验知道它寒冷、粗野又潮湿。

皮琴察也如此，天雨泥泞，我来到一家叫“摩尔人[①]之首”的饭馆，坐落在一条狭窄的街道上，走进去我发现一件奇怪的事情：意大利人住在宫殿里。我也许本来就应知道。

他们是伟大时代[②]破落下来的后裔，他们的衣服紧贴在他们身上，但他们的房间对现代的贫民是太大了。我发现这些人在一条宏伟的走廊上吃饭，这在一个宫殿里是可以做到的。我还发现高大的有绘画的房顶，许多大理石的东西，一个好大的厨房，任意高楼大厦内的一切装置设备——听任一小批心满意足的、无名的人使用。

设在这个宫殿内的旅馆的主人是一个好人，他让我在他的大厨房内烤火，我举起马拉加[③]白葡萄酒祝厨师们健康。我吃他们做的食品，我购买了一瓶新出口的甜酒——然后上路。

天下着雨，还有淤泥。出发时我站在大教堂前看着雨落下来。一路上我沿着宽阔壮观的爱米利亚[④]大道前行，一边雨下个不停。亚平宁山脉从伦巴底平原突兀而起，本来日落时会给我一些启示，但没有。山麓不断在我右方出现，本身

---

① 摩尔人是阿拉伯人与北非人的混血，莎士比亚的剧本《奥赛罗》的同名主角即摩尔人。

② 指罗马帝国与文艺复兴时期，在意大利遗迹甚多。

③ 西班牙南部港市，以产白葡萄酒著名。

④ 爱米利亚（通常与罗曼尼亚合称）为意大利北部行政区，包括巴尔玛、斐拉拉、波伦亚、拉文那等城市。

却被雨幕所遮掩，旅途上整个这些在记忆中跟那难以忍受的平原混作一团。那一晚我宿在斐伦佐拉，下一天早晨依然寒冷，依然了无生气，由于恶劣的天气而湿漉漉的。

第二天，就在一个叫波尔哥的小城，上午过去一半，雨停了。

从米兰去罗马的笔直的路线并不完全经过皮琴察，而是离那座城市不到一至两英里。然后它穿过亚平宁山脉第一道褶皱，即那些重叠起伏的山岭，再逐渐偏离爱米利亚大道。不可能完全循着这条路线的这部分走，因为没有什么路迹。但是循着爱米利亚大道走若干英里后（如我已经做到的那样），在恰如其分的时刻脱离它，便有可能在靠近一个叫莫德桑诺的村子的地方重新拾起这条直线。

通过乡间道路找到了我要走的路线，那个下午我向梅德桑诺前进。那些小路是曲曲折折的，它们越过从上面的山冈频频流过的溪涧，这些溪涧在雨后涨满了水，泡沫翻滚，夹带着山间的废物。我还没有走出两英里，天空就放晴了；走不到四英里，空气中开始悄悄地出现一股暖流，我周围的大地出现夏天的感觉。以最快的速度从米兰起伴随着我的不正常的天气正在起着变化，变成南方正常的风和日丽；但是让太阳发挥作用已嫌太迟，虽然它不时地从云间照耀，这些浮云正向东移动得更加明显可见，更为破碎。

由于非常疲倦和想吃东西，在这些令人沮丧的日子之后渴望休息，还没到梅德桑诺，在一个位于三条道路交叉的地点的小旅店我就停下来，我打算在这里就餐和投宿。下一天很容易预见是酷热的，如果我怕热就得在拂晓前起身。

小客店内的房间是用红木修建的，有两张桌子，一个放着一大排瓶子的小柜台，柜台后有一个女人，一个神经质的小个子男人戴着奇异的帽子在伺候客人。整个这小小的地方拥塞挤满了一群人，大概有二十来个，他们手舞足蹈，叫嚷争吵，喧哗大笑，一个十分魁梧的大个子男人正向另一个人说明他的匕首的优点。所有的人都早已灌足了黄汤。因为这部分人并不是有产者而是拿工资的，所以他们只花费他们那一点点钱。

我向大伙打个招呼，一边走向柜台想来点酒喝。他们全都不说话了，一个人用意大利语问我一个问题。我不懂他的话，当另一个人把这问题重复六七次时我试图答复——这时产生一阵喧嚷，从闹声里我始终听到一句响亮而差不多的话，直到今天我也不明白是什么意思，我想那意思是“他是个威尼斯人”或“他是威尼斯人”。在我蹩脚的意语中有什么原因使他认为如此，显然威尼斯人在这里是十分不受欢迎的。为什么，我说不上来。或许威尼斯人是指骗子。但明显地威尼斯人最近被他们误解了。

不管怎么说，一个头发漆黑的男子把脸贴近我，龇牙咧嘴，开始对我大声地咒骂威胁，这激怒了我而且压倒了直到那时还不小的恐惧，尤其因为此人带着匕首，但我变得极端愤怒，把他带着刀这回事给忘了。我也拿脸向前对着这个侮辱者大叫大嚷，对此他们明显分裂成两派，全体开始在他们自己中间激愤起来，有些人对着我，其他人则争得声音愈来愈高。这里面有误解。

小个子旅店老板从柜台对面伸手抓住我的胳臂，我立即转过身去，以为他要对我做出什么不当的举动。但我看见他点头并对我眨眼，原来他是在我这一边。大概因为假如出了事他是要负责的，独他一个人逃不脱警察的手心。

接着他对他们发表了一通演说，就我所理解大意是从我童年起他就认识我喜爱我，也许是说他认识我是都灵的什么雅各，或者也许是别的什么谎言。不管是不是谎言，这番话使他们平静下来。他们的怒火变成咕哝不清的低语，像汽水倒进玻璃杯里安定下来。

我请大伙喝酒，我们举杯同饮。我让他们看我的书，由于我的铅笔需要削尖，大个子有礼貌地把他的匕首借给我。等我拿在手上一瞧，那明显不是捅人的，那是一把修剪树木用的刀，要是去抚摩会伤手（因为他们说到蛇）。另一方面，用来割肉则是一把快刀，用来砍什么东西也管用。对一件工具，你切不可期望过高。

我用完餐，发现在这个教区睡在户外比户内安全，所以在夜幕降临又不到日落之际，我继续漫步，不是轻松自在而是寻找栖身之所，最后找到了我正好需要的地方：一个小棚屋，在一个角落里撒着干燥的羊齿植物，不很多的一些旧麻袋和一台破机器——最后这样东西对我没有用处。

我想："这里是安全的，因为我会在日出之前起身，棚屋的主人，要是有一个，不会干扰我的。"

天气相当温暖。地方挺干爽。敞开的一面朝西，还有一点偏南。

这时太阳已落在亚平宁山后。天空的余晖灿烂辉煌，我喝下一点酒，点燃一支烟斗，静静地眺望着西方。

全部雨量来自那块大幕，那里不管遗留下来什么，这时在那更遥远的天边拥积成一排的动荡不定的大块云团，染上黄昏深浓的红晕。

大块的云团停留在空中，像人一样，分离开来，没有风吹拂，但样样东西都充满黄昏的意味。只要允许崇拜无生命的东西，我就会崇拜它们。

云团隆起成穹顶形而融合进更高的天空里的纯光中，显得神圣不可侵犯。它们似乎停步在一个君临一切的权威面前，他把它们编排得井然有序。

这个景象把一种平静感注入我的内心，是一个旅人在还家时可能找到的，或一个初学者在跟智者交流时可能找到的。恬静、自信，可以说，一种荣誉感盘踞着我的心灵。在天完全黑下来之前我用蕨草铺成一张床，用麻袋和布当被子盖在身上。想着云的形状和上帝的力量很快就睡着了。

第二天早晨天气如我想的那样。在完全天亮以前我走到外面,四面八方都是浓雾,放晴的天气显示这会是一个什么天。我抵达梅德桑诺时,太阳升起来了,半小时空气里充满热度,一小时内使人头昏眼花。村子下面的教堂里举行的早弥撒为我这一天的日程开了头,后来我在一家小饭店喝了咖啡,向人打听如何渡过塔罗河往佛尔诺沃——我的头一站。使我讶异的是他们摇摇头。塔罗无法过去。

为什么不能过去呢?我十分蹩脚的语言使我显得莫明其妙。他们谈到 rami[①],但如果我理解没错的话,rami 意思是这些不同的支流靠那些意大利的汹涌急流流过它们干旱的河床。

我招来一只小船,打听是否能坐它过河去(我是个北方人,我对河流的概念是河有堤岸,两岸之间有水),但他们笑道:不行。于是我做出游泳的姿势。他们说那不可能,一个人低着脑袋表示溺死。事态严重。他们说明天,或更确切地说下一天,也许能行。

最后,一个站在旁边的男孩说他记得有个人对河流了解比别人都清楚,要说有人能把我带过河去,就是他了。所以我让这孩子带我前去找他。在我们一路前行时,跟大路平

---

① 意大利语,分支的意思。

行的是一片令人眼花的辽阔的沙石平原，过了它，有一批房屋，轮廓鲜明如一个阿拉伯村子，那就是佛尔诺治。这片平原在山区是他们所谓的河。男孩说有时候它水量丰盈，有一英里宽，有时候它萎缩成许多污浊的池塘。现在，我观看它时，似乎只有不多的一些细细的浅流蜿蜒而过，我不理解它的危险何在。

走完一至两英里，我们来到大路的一个地点，这里有一片杂木林，把我们跟河床隔开。男孩要我等候一下，向一小群农民打听那个向导是否在家；回答说他们估计在，有人带着男孩走上山腰，我和其他人留下。我们眺望着河床和远处的佛尔诺沃，有人摇摇头，说这无法可想了，但我不明白是不是雨水造成的山洪已经过去，河水枯竭了，或者还没有从山上下来，我只能等候着向导。

他们到底把他从山间的小屋带下来了。他大步走来，他是一个面貌和善的人，极为瘦高，眼睛灰白灰白的。他面带微笑。他们替我介绍后，我们双方举起三个指头代表三个里拉，然后点头达成这笔交易。接着他抓住他的长长的拐杖，我抓住我的，向那群人道别，我们默默地穿过稠密的杂木林，走下去直往宽阔的河床。那儿的石头闪着强光犹如非洲的黄沙，佛尔诺沃在太阳下烘烤得黑白分明。在我们和它之间是这块烤焦了的广袤的砂石平原，它可能在一夜之间成为一条大河或缩成一串停滞不流的塘水。今天有近七条小溪流过这片原野，再后，它们似乎不难过去，我纳闷需不需要向导。

我们来到第一条流水的边缘，我趴到向导的背上。他赤足走进小河，水越来越深，达到我的腰部，他虽然把我高高抬起，但还是刚好触及水面，然后他吃力地爬到对岸，我下来踩上干地。这段距离不过二十码左右，他很熟悉地形。在我们过河时我看到这头一道小川是一条什么样的急流，我知道困难何在，而且理解饭店老板的警告了。

第二条支流是无法过去的。我们循着它走上一英里左右直到一个所谓的“岛”——也就是一大块高地，在洪水时准是一个小洲，上面有一个古老的黄土村落。它高出于白色河床上。就在这个岛屿我的向导发现一个可涉水而过的浅滩。他发现它的途径值得一谈。他把窍门告诉我，这对独自一人在山中彷徨的人是有用的。

你要挑选一块分量不轻的石头，有多重你得学着判断，因为越是快速的急流需要的石头就越重。比方说十磅吧，你把这块石头轻轻以高弧线抛入中流。如何抛入无法描述，如此做到后便很容易看出它入水约四英尺，或更浅，水波溅起的方式完全不同于沉入五英尺或更深的水中。这是一个可靠的测试，比文字记录容易得多的通过实践取得的经验。我自己是自始至终在通过这些荒野的旅途上的实践才学到这个窍门的。

发现浅滩后，他又把我背起来，但在中流时水到了他的胸部，他的脚在一块石头上一滑（整个下面河床的石头在急流中是翻腾滚动的），一瞬间我俩都摔倒了。他立刻把我在身旁拉起来，接着甚至为河水的冲击所淹没。这样塔罗河如何把人溺毙，以及农民为何害怕这些细条的流水就易于理解了。

湍流经过我汹涌而泡沫飞溅，接近我的脖颈，寒冷冰凉，你必须倾斜着身体对抗它，流水轻而易举地载着人的重量，任何时刻在你滑跌一跤的同时就会被它卷走。向导是一个比我高得多的人（他确有六英尺三英寸左右），他抓住我的胳臂，支持着我，再一会儿我们到达干爽的地面。

在那次险情后，没有必要背着我了。第三、第四、第五和第六道支流很容易涉过。第七道宽而深，我觉得是艰巨的任务；要不是我的向导，我是过不去的，因为河水像角力的人那样对付我，它冰冷犹如死亡之河阿切隆[①]。然后在对岸，（用法语说）要他谨防危险多加保重后，我付给他工资；他微笑着谢过我，然后转身回去，心里从容盘算他的计划。

这样我就确实渡过了塔罗河——人们的一道险阻。

我上岸的地方有个穷汉在晒太阳。他起身和我一同前往佛尔诺沃。他认识我的向导。

“他是个好人。”他对我说起他的朋友，“他像一小块面

---

① 希腊罗马神话中的冥河。

包那样好。”

“没错。”我回答，“他是圣克利斯托弗[1]。”

这使农民满心欢喜，也确实如此。因为向导的工作完全跟圣克利斯托弗的相同，除了这位圣徒不收钱，我猜想，他靠空气活着。

这样就到了佛尔诺沃，热浪使人头晕眼花，空气中活跃着虫蝇。但太阳使我随即干爽，我加紧赶路因为我需要食物。我在这个古镇吃饱后，准备向卡列斯坦诺进发，然后越过亚平宁的第一个把我跟它隔离的高峻的山嘴。我离开此地时看见一座非常古老的教堂。我停留了一会儿观看它的雕塑，它们毫不整齐而显得零乱，表现的是对人类的最后的审判[2]。有面目好看的愚人，也有被魔鬼放在大锅里煮的恶人，最使人开心的是一个魔鬼，他用一只袋子扛走富人的黄金。但我们如今聪明不过，不会相信这样的笨办法，如果我们死去，会把财富带走，在九世纪他们没法这么办，因为那时还没有通行信贷制。

接着我离开从邦特列摩里开始最后到达斯比齐玉的干线，我选择的小道攀升进入群山中，又逐渐一点一点甚至不成其为小道了，它不时地变成一条小河的河床，接着又成一

---

① 圣克利斯托弗，基督教圣徒，旅行者的保护人。
② 《圣经·启示录》的故事。

条小路,最后在一个峡谷的前端我承认把它丢失了,但我注意到一块巨石形成的顶峰在我上方,成为一个界标,我心想:

"没关系。这个峡谷在我前面的壁嶂显然是这个山嘴的脊梁,这块岩石准是必须经过它才能往北,我只好以它为导向越过这道山脊。"这时酷热压倒了我,由于已经是下午,我已经为我的长途旅行充分利用夜晚,我记得在气候炎热的地方的习惯,于是躺下睡觉。

我只睡了一会儿,醒来时空气凉爽些了。我随意登上峡谷的一侧,在顶上使我感兴趣的是竟然发现一条道路。这能是一条什么道路呢?至今我也不明白。也许我迷失了我原来的路径,又到了主要的公路上。也许(这在亚平宁常常如此)它是一条不通往任何地方的路。总之,我犹豫了,往身后回顾以判断我的方向。

这是一个可喜的意外。我是在塔罗河上约两千英尺处,发现我眼前耸立着那块高高的怪石,我从下方仰望着它。它的四面八方和我下面是峡谷和草木不生的荒山野岭形成的盆地,在太阳下煅烧的嶂壁和砂石山坡,在这些东西以外,整个伦巴底平原则在我脚下。

看到那一百英里的大平原伸展在我眼前:是世界上所有的王国[①]——这是值得吃力费劲地去攀登那块陡峭的山

---

① 意大利在中世纪曾经分裂为许多小王国。

壁的，即使会迷失我的道路。

这还不是全部。在远远的北方地平线上有轮廓鲜明的白云，低垂在天地间模糊不清的地平线的边缘之上。我重新眺望发现它们没有移动。然后我明白那是阿尔卑斯山。

信不信由你吧，我正在回头望着好多天前到过的地方，经过好多好多英里的道路！那罕见的皓白的高峰和棱边不可能欺骗我，它们对着日光挺立，把我旅行的回忆经过遥远的距离送来给我，它们皑皑的白雪似乎无穷无尽，它们的高度这么巍峨；它们的寒冷是这么一件死亡的斗篷。现在它们像童年一样遥远，我对它们望了最后一次。

我把这些都画下来了。接着我发现一根标杆，指引我一条支路往卡列斯坦诺。我循着它走下去直到更远处的山谷。登上第二个山谷的峭壁时黄昏已降临。我听到流水的哗哗声，如塔罗河发出的那样，那是远处融雪形成的一个急流网。通过这些小河我很快看见在我下方，蜿蜒流过一片干燥的砂石地和岩石；但高高的山冈包围着那条河，黄昏把它留在阴影里。当我的路突然在河床之上数百英尺处中断，那时暮色苍茫，我穿过树木摸索下山到达水边时，我发现我要重复早晨做过的事情，蹚水涉过这些小河。因为既没有路迹也没有桥，卡列斯坦诺就在我对面，一丛房屋埋在暮色中背靠着远处的山坡。

如别人教导的那样，我十分小心翼翼地投石试探河水的深浅，来回循着每一条支流寻找一个可以涉过的地点，我一条一条地涉过六道细细的冰凉的急流，然后到达对岸，也如我设想的吃到了晚餐，找到了伙伴和床位。

但人生并不如此简单。在卡列斯坦诺等待我的是倒霉、监狱、释放、卑鄙的马屁和一顿磨蹭的饭。

那是在一家不起眼的小饭店，也是此地唯一的一家。喝过一点酒，在吃通心粉和面包时，我向脾气不好的女店主大声要干酪(我试了二十次才使她明白我的要求)。在吃完喊完之后我走了一段路到一家小咖啡店去抽烟喝咖啡，这时奇遇临头。

原来在小饭店里有一个面貌乐呵呵的胖子和两个貌似官员戴着白帽子的人，在我进去时早占着另一张桌子在吃着。我没有理会他们。但在小咖啡店里，它光线明亮并且满是人，当我坐下来抽着烟考虑借宿的问题时，有人告诉我他们没有床位，也认为我没法搞到。这时，两个戴白帽子的人突然进来，从容不迫把我逮捕，犹如你我逮着一匹马一样。

片刻后进来两个挺神气的家伙，也就是宪兵，佩着剑，戴着三角帽，蓄着八字须，这四个人，两个宪兵和两个警察坐在我对面的椅子上，开始用意大利语讯问我。我不熟悉意语，只明白他们是要我出示身份证件。

“没有！”我说，一边把我袋子里的东西通通倒在桌子上。一个名片盒、一本素描册、两支铅笔、一瓶酒、一只杯子、一片面包、一张法文报、一份意文的旧《世纪报》、一根针、几根线、一支笛子——但没有护照。

他们打开名片盒，看看里面，发现七十三个里拉，也就是不到三英镑。他们一丝不苟地检查素描册，如同大部分有艺术天赋的南方人职责所系，但也没有发现护照。他们又询问我，在我考虑措辞答复时，个子较小的那位——有张狐脸的警察叫嚣说他听见我在小饭馆里流利地讲意语，我的犹豫是装蒜。

这个谎言使我十分生气，我愤怒地用法语（我尽量用南方的腔调适应他们）说：

“你撒谎！你可能因撒谎而受到惩罚，因为你是官员。”虽然在一切国家里警察都是一样，会颠倒黑白，会白白地毁掉一个人，可是只要有法制的地方，你就确信这类警察总会受到惩处的，比起英国和美国，他们伤害你的能力较小，因为他算作是一位官员，假如他滥用权力，也是在更多的公共纪律与责任约束下。

接着我明白地补充说：“我能讲法语和拉丁语。你们在卡列斯坦诺有教士，他们懂拉丁语吗？”

这是一着妙棋。他们眨眨眼睛，躲躲闪闪地说，市长[①]懂

① 原文为意语 Sindaco，相当于英语 Mayor，其实卡列斯坦诺的规模当然远在米兰之下。

法语。然后他们把我带到他们的营地去,他们则去找市长。这样我就被囚禁了。

但为时不久。很快我又跟着他们来到街上,我们来到市长的房子。市长是一位白发老人,上帝保佑他,他正在跟自己的子女玩纸牌。由于他懂法语,因此他要求我做一个自我介绍。我用明确的语言告诉他,他的警察是傻瓜,他管辖的地方是个养兔场,他的监狱则是唯一干净的地方。有事打电报可以证明我经过的地方。我是一个普通的旅游者,连画家也不是(尽管我有一本素描册)。我的名片显示我确切的地址和身份说明。

但是那说法语的"市长"对我毫不理解,好像我身上的什么邪恶的东西暴露出他老年的迟钝。我等待着直到他说话。他说了一个对所有语言都不生僻的词,而且是他刚从我嘴里听到的。

"旅游者——呃?"

我点头。然后他吩咐他们放我走。事情就那么简单。直到今天,我推测,他依然被人当成精通双语的"市长"。他帮了我的忙。

我走出咖啡店时是个囚犯,回来时表明我无罪,人们兴高采烈地围着我,这是何等鲜明的对比。他们互相大声叫嚷,称我是旅游者,身上带着七十三个里拉!饭店女主人微笑鞠躬——此前她曾拒绝租给我床位!顾客们都把我当神明！我也不拿他们当坏人。为什么我要那样呢？一个无名、陌生、没有刮脸、衣衫褴褛、满身是几个星期旅途上的风尘，一身衣服原来不值十先令，曾经睡在树叶和蕨草堆里，林地上，在暮色下渡过一条河，偷偷溜进一个城市而不经大路的人。他是个外国人，拄着一个大棒。还有比逮捕这么一个人更明智不过的事吗？要是你逮捕他，因为缺乏犯罪证据，除了把他释放又能怎么办呢？几乎没有别的办法！

我爱卡列斯坦诺人，尤其因为他们让我经历这次奇遇。转天，在一个有人情味的房间内睡了一晚后，日出时我登上他们的小城外的青山的山坡，沿着一条长长的裂口攀登亚平宁山的第二个山嘴，它把我跟第三条河流[①]巴尔玛河分隔。我的目的地是巴尔玛河上游（我要渡过它）一个地图上标为蒂扎诺的地方。我在那个芳香的早晨离开卡列斯坦诺，在经过一个叫弗兰吉的小村，站在一个险崖上把它画下来之后，我继续走上那陡峭的山谷，很快就到达山脊之顶，在此它稍稍下倾，有一条小径越过它到南坡。

许多人有这个习惯，克服了一个困难就开始唱歌。尽管时间那么早，但在越过亚平宁第二个高峰时我也不例外。我放开嗓门轻松地歌唱我记得的所有歌曲，赞美这种欢乐。我也不放过合唱部分，甚至吃力地模仿（重叠时）两个角色不

---

① 另外两条是波河、塔罗河。

同的声部。

我身上的英国人习气太重，在绕过一块岩石时，发现拐角处悠闲地坐着一个农民，我就不好意思了，因为不愿别人听到我瞎唱。可是他把唱歌当作一种寂寞时的消遣，对我招呼，起身与我同行，我们互相指点眼前的美景，如早晨的清新朝气而感到喜悦。他觉得告诉我一些旅途上景点的名称是他的义务：南行路上的高山，诺沃卡斯特尔的怪石，远方烟霭中的巴尔玛平原，高山上的蒂扎诺，在我们眼前横陈的山脊。他也愿意告诉我近在手边的物件的意大利名称——靴子、手杖、帽子；我告诉他用法语怎么称呼它们。所有这些他都热心地学习。

在意大利，北部的亚平宁山区，语言似乎有三个层次。在山谷区意大利语是纯粹的，有共鸣音，对我来说是生疏的。那里有小城镇的居民，他们和沿河而下的平原居民打交道。在中上部（例如弗兰吉、贝多佐、蒂扎诺）我开始懂他们的话。在最北部，我的话他们易懂。他们是山区的高卢人[①]。我如此告诉他们，他们也非常高兴。

后来我同这个农民分手，我送他一张小小的米兰画片，然后我们各奔前程。他对我最后说的是有关一个“莫利纳

① 高卢人是现代法兰西民族的祖先，高卢人分布地区也包括意大利北方的一部分。

尔”[①]的事情，我没有明白那是什么意思。

我下山走的是一条捷径，在山脚发现一条公路，我看到前面有一条河，像别的河一样需要涉水而过，因为地图显示下游好几英里没有桥梁，我考虑若有可能让什么人背着我立即过河。

我遇到一个老妇人，她背着一捆草。我指着河说（用混杂的南欧语[②]）我想过去。她又使用“莫利纳尔”这个词，我有一点模糊的概念，它指的是“磨坊主”[③]。我心想：

“哪里有磨坊主哪里就有磨坊。因为‘哪里有彼得，哪里就有教堂。’[④]哪里有磨坊哪里就有水。磨坊必有动力：首先我一定得去近水的地方；其次我一定得留意磨房的声音和方向。

（感谢背草的老妇人）我径直走过田地，直到看见一栋房子，有一个缓缓滚动的大磨轮背靠着它，一个表情悲伤的男人站在那里对轮子望着，好像正在想心事。我拍拍他的肩膀，他吓一跳，说出这个山谷，那个了不起的词“莫利纳尔”。一听之下他的灵魂的门全部打开。他像一个重变年轻的人

---

① molinar，意大利语“磨坊”。

② 意、法、西、希腊、阿拉伯等语言混杂在一起，通行于南欧各国港口的共同语言。

③ 法语“磨坊”为 moulin。

④ 原文为拉丁语成语。

那样微笑，招手要我跟他走，容光焕发地领着我走到从河里引水的水闸前。

这里已经有三个人正在为河水挖一个更好的入口。其中之一是个快乐的戴眼镜的老头，另一个是青年人，手里还拿着高跷，第三个极其瘦而高，面容悲戚，是那种一贯吃苦耐劳的人。我说："莫利纳尔？"我找到他了。

那个把我带到这里来的人我给他五十生丁。这些人如此纯真善良，他竟然问道："为什么？"(或类似的话)我说这是必要的。接着我对莫利纳尔说："多少？"他举出一个手指，说："一里拉。"年轻人跳上他的高跷，莫利纳尔弯下腰，我趴到他肩上，我们一起蹚过巴尔玛河的许多支流，在河中我想我独自一人本来会淹死的。

"我本来会淹死的。"——经过考虑我才这么说。这些山区河流的上游按暴雨或融雪的情况水位或高或低。巴尔玛河比其他的河水位都高（因为这种急流最后都汇入巴尔玛）。

即使莫利纳尔——这个山谷的偶像，也得小心地择路。踩高跷的年轻人得走在前头，他比一般人都高得多，而且高出水面之上。他一边走，我看得见他，说实话我还看见一个浅滩——这是在上游难得的事情，因为在河流湍急的河源，上游的水要么流过固定的岩石否则就流过砂石。倘若流过岩石，河床会有孤立的浅洼，任何人都可发现，要是深潭呢，通过平静和神秘的水面显露出来，鱼儿在空穴回环游憩。但是没有从一边联结另一边的真正的浅滩。苏格兰的情况也是如此。若河水流过砂石，随着每一次暴雨或水位的猛涨都可能改道。但此地出于偶然性而流过的地方——或许是一个岩架，或许是一座罗马时代桥梁的残余——至少是某种够深也够结实的东西可以涉足而过——我们就循着它前行。

莫利纳尔——甚至莫利纳尔，行走时也是小心谨慎的。他两次停下来等待，直起腰，因为在我们前头踩高跷的人没有踩稳而突然摔倒。一次在过一条小支流时，像这类河流一样，这条河在干燥的砂石上分成好多支流流过去在这里似乎没有支点，我们不得不上下探测。一等我们找到干地我就从莫利纳尔的背上下来让他休息，若他蹚水我就又再上去。这样我们涉过许多小河，最后站在蒂扎尼安山坡上。然后我给莫利纳尔一里拉，他的踩高跷的同伴五十生的西摩[1]。他说："这是什么的报酬？"我说："你也帮了忙啊。"

于是莫利纳尔用手势和眼神使我明白，用这五十生的西摩踩高跷的人会带我去在高山脊上的蒂扎诺，他向我指点上山脊的小径，接着踩高跷的人转对我说："走吧。"

我们一同上山，走过一块赭色的土地，但有树木荫盖。

---

① 一里拉等于一百生的西摩(centicimo)。

天气酷热。我几乎走不下去。我的同伴走得非常之快，酷热使我难受极了。

我们经过一口牛饮的清泉，我把清凉的泉水小口小口地喝下去，可是他举着手指直摇，告诉我在烈日下喝水是个错误。

我们继续前行，遇见两个人在树木间的小路上赶着牛群上山。不久我发现这两人跟我的向导交谈市场和价格。因为那天有集市。我们最后抵达那个小城——一个小小的如鸟巢般的城，整个被城墙所包围，里面有一个城堡和一座教堂——沿途我们发现数以千计的牛群哞叫，互相应和。穿过城门一直走进市集广场，到了那里向导带我进入一个大房间，一大帮农民正在喝通心面汤，有少数人则吃肉。但我累得吃不下肉，所以我先小口小口地喝我的肉汤，然后再用手指向胖胖的店老板表示我要什么。

我首先把通心面挑出来，然后说干酪——番茄[①]。店主说他知道我的意思，给我送来用干酪和番茄做的实心面。这是给国王、穷人的压迫者、高利贷者、富人吃的，在这个地方没有这类人吃，农民愿意继续在天堂去享受它。

接着我掏出我的酒瓶，喝那瓶颈里剩下的酒（用手势表示），然后放下瓶子说："这样，像这样的，红酒。"向导也说

---

① 作者说的是意语。

了许多话,大概意思是我是个富人,他把他的钱一撒,有六便士。于是店老板走进一个门,拿出一个由木塞封好的瓶子,用指头加上嘴和眼神表示,"这是种非常有特色的酒。"

只有在一些荒诞的城市里人才以为不计较金钱是高雅的事情,所以我用半闭的眼睛非常注意地看着他,举起五个手指,用疑问的口气说:"五十?"

对我的问题他和我周围所有的农民都当作玩笑放声大笑了,"五十,哈!哈!"他们把这当作是绝妙的玩笑,互相戳戳别人的肋骨。但是老板用意语说了一大堆,意思是我只可能是开玩笑,顺便补充说:一里拉是把它当成送给我的礼物了,那纯粹是施舍。我把口袋里的八十生的西摩铜币全掏出来,说:"全部[①]。"于是他把瓶子放在我面前,收起钱,那些旁观这场表演的人全都哄然大笑,他们为这笑达成的交易鼓掌喝彩。这就是往昔在这些山区做买卖的方式,那时候你我的祖先还住在山洞里,追猎狼群,只用大棒打交道。

价钱这样解决了,接下来我非常想把瓶子打开喝酒,尤其是请向导喝一杯。老板在另一个房间里。向导客气地说不愿去要开瓶塞的螺丝钻,我不知道螺丝钻意语如何说。

我指着瓶塞,但从向导嘴里得到的全部意见是这酒非常之好。接着我在素描册上用铅笔画出一个螺丝钻的大致

---

① 作者说的是意语。

样子，但他佯装不明白——这就是他的教养。于是我模仿用螺丝钻开塞子的方式，声音和手势，一个在我旁边的老头用法语说："螺丝钻。"——这是一个再通俗不过的法语词。于是给拿来了。瓶子打开，我们一齐干杯。

我起身走出蒂扎诺·伐尔·巴蒙斯饭店，向导告诉我意大利语螺丝钻怎么说。"上帝和你同在。"我对向导说，让他回山区去了。

我踏上下山的道路，从山梁走进下一个坳地和山谷，但在走过一英里左右（这时是一点），我筋疲力竭了。所以我就走上一个有树荫的土坡，躺在荫凉地里把蒂扎诺·伐尔·巴尔蒙斯用素描画下来，它的位置在我上方并不很高。我躺下来睡了一个钟头，抽完一斗烟，想到很多事情。

蒂扎诺所处的山脊是在亚平宁的第三道山嘴，下一步是第四道，相距不远，你可以从第三道望过去看得见。然后要步行过去都难，因为在谷中有另一道山脊延伸下来几乎像主要的山嘴一般高，你在到达恩扎河前先要从它最低的部分攀登过去，在群山的深处可以听到它的激流的沉闷的声音。所以整个的山谷看上去错综复杂，它显得而且实际上不易通过。

高高地在一堆树木间有一座荒废的古塔，亚平宁山岭间这类古塔和古堡是很多的，其中加诺萨，在远方的雾霭中朦胧不清，是一个主要的例子，它被人称为"卢奇诺之塔"。

在恩扎河这条深渠的那一边,好像平稳地竖在它的南岸(实际远得多,在萨启玉谷)是那块高高的奇石卡斯特尔诺沃,当天早晨那个农民曾指给我看过,它也是这次征途上的路标。那么四四方方和严整,似乎是由人工琢成而不是自然形成,是从别的山上劈下来放在这里的。

直到下午较晚时,空气中充满随着黄昏到来的金色尘埃,我才站在恩扎河的上方看到它在几千英尺之下滚滚而流。这时我犹豫不定地停留了片刻,观望着错综纷乱的群山。我的打算是直奔科拉格那,可是我不知道科拉格那的位置,只晓得它是在现在黑色的高山后面的什么地点。不仅如此,恩扎河(我能见到它在我站立之处下面的下面)也无法涉水而过。它不是涓涓细水而是一条真正的河流。全部的景色是荒凉不毛的。我走近亚平宁的中央山脊。它在我之上整整有五六英里远近,它的山坡上有大小不等的一块块雪地,在正暗下去的天光下开始微微地闪烁。

四个农民坐在大路边,正准备回他们安静的农庄去,他们把镰刀收集在一处,因为不久前还在田间收割。我走到他们跟前问怎么去科拉格那。他们告诉我由于河过不去,不能像我希望的那样走直线,但如果我从陡坡直接下去,下面可以发现一道桥,从那里有一条小径通向对面的山脊上一个叫塞莱乔的村落(他们向我指点在山谷的另一边),它在山峰上的树木间,到了那里(他们说)会有人指点再如何继续走下去。我明白他们所有的话是什么意思，只有一个关键词除外。我以为他们告诉我塞莱乔是在去科拉格那的旅程上的中途，这个错误的代价你在下面会听我说到。

他们喝下我的酒，我吃他们的面包，吃完分手。他们去惯常去的地方，我则去越过那不知名的山谷。我离开这些严肃和善的人后他们说的话在我心中还有回声，恩扎河的深谷似乎是孤寂的，我朝有河水声的地方走下去，直到看不见偏西的夕阳。

恩扎河处于洪水期。一道简陋的桥，几根结实的圆木绑扎在像三脚架般捆在一起的树干上，支撑着一块长木板用来过河，但在涨水时节不完全达到此岸。我把几块巨石滚到水中，建成一条短堤，这样稍微有点危险，我到达彼岸，然后通过一条陡直的小径，登攀上去，一直达到塞莱乔这个山上的小村，它既可喜又与世隔绝，因为除了一头骡子走的小径外，没有道路出入。

塞莱乔的房屋全围着一座教堂；彼此之间没有特色，但有几个赶牛人带我来到一栋房子——大概那是一家小饭店，虽然没有招牌。在昏暗的屋子里我们全都坐在一起，像融洽无间的基督徒，女主人为我们服务。

沟通之后，我打听去科拉格那的路线，他们准以为我是笨蛋，奇怪为什么不同他们一起住一宿，因为他们知道科拉格那有多远。但我（由于说过的在语言上的误解）以为不过短短一程。实际上这段路有十英里。我的旅伴中最年长的那位说他愿意为我指明去科拉格那的路。

我们在半明半暗的暮色中一同沿着一条循山顶往前的小径而行,经过一个迷人的古迹,那是一尊小小的白色的浮雕,代表一个圣坛竖立在那里,表现天使向圣母传报耶稣的降生。我们经过时都不禁微笑。过了几码又遇到另一个古迹,是圣母往见圣伊丽莎白。它们都非常优美。这时他不得不跟我分手,他指着小小的圣坛对我说:

"等你走到第五个这样的古迹,小径就分岔。走左边的那条,循着它绕过山谷——它会成为一条小路。这条小路越过一条小河,经过一座近处的古塔。你到了古塔,小路跟一条很宽的公路连接,那就是去科拉格那的大路。"

当他说明那些圣坛时微笑着,好像表示歉意,我看出我们信同一宗教。接着我送给他我的两支最好的烟斗(不会再相见的人往往会赠送礼品),一支新的上面刻有字母,他看作是我的名字的开头,他给我一枝一直握在手里的玫瑰,是他早就摘下来的。然后我一人继续循着小路向前走。

在我听到所有那些指点后,它们似乎早已表明路程比我预期的要长。这证实果然漫无尽头。

现在天色完全黑下来。由于群山的海拔高度夜晚非常寒冷,一片浓雾开始降落在地面。天空布满繁星。林木森森的青山上这条小路环绕着山谷延伸,好几个小时我慢慢循着它走下去,也纳闷为什么我走不到他们说的小河边。我到达平地时已是午夜,可我还是没听到水声,也未看到衬着天空的塔影。我想极度的疲倦使我走下去已不可能,这时我看到一扇窗户里的灯光,我连忙走过去站在下面。窗户上有个女人称我为 Caro Mio,这称呼听起来亲切有礼,但她甚至不愿让我睡在谷仓的干草里。

在深夜的绝望中我一瘸一拐地前进，因为当天我已攀登了四座高山，又在崎岖的道路上和酷热的天气下不停地赶路,迫切的睡意正逐渐把我压倒。

我发现一道跨越深谷的桥梁,正是他们告诉过我的。高高的桥是用漂亮的石头造的,还不旧,可是已经损毁断裂,黑暗中突然露出一个缺口,恐惧之下我赶紧后退。先找到小河再通过石楠荆棘地带找到大路的想法甚至更强烈，这时我看到对面山上的塔影，背衬着黑暗的天空模模糊糊地显得更黑,我顽强地向它走去。我害怕晕倒,当我走到了它耸立的地点(它是在俯瞰塞契玉谷的最高的高地上),就坐在它旁边的一块石头上守候着晨光的到来。

高山漫长的山坡向下倾斜，借助黎明的亮光你可以看到延续好几英里直到展现爱米利亚平原的地方。黑暗搅浑了这片景色。群山的沉默和这个地方的庄严神态在令人目眩的星空下使这幅壮阔的全景画带有一种可怖感。山谷的下层林内夜间活动的什么动物不时地发出一声吼叫，卡斯特尔诺沃那块巨石，现在紧靠着就在近处，硕大无朋——一个荒凉、高低不平的地方——它们增加了某种死亡的气氛。

时间缓慢地过去，固定的星星渐渐稀少，一种非常轻淡和呆滞的灰色涂染云朵的边缘。寒冷侵袭着我，我起身活动，若力所能及的话打算走得稍稍远一些。

可是，在这条山脊上我拖着脚步朝公路走去时，出现了前所未知的、更深沉的、孤立无援的处境和使人陷入绝望的疲倦，我几乎要转向东方乞求晨光赶紧到来，如同人们毫无理由地不断祈祷那些只能按部就班发生的事情提前一样。我继续往前走了一小段，因为当我坐下时我的孤独感像一次不幸那样压抑着我，因为我的双脚虽然吃力却缓慢地走着，依然还能使我的心灵运转得到一点平衡和节奏。

我听不到野兽的吼叫或鸟的鸣声。我走过好些田地，半明半暗没有人迹，有的地里能触摸到草堆，但总是发现被露水打湿，我也没能找到合适的避风处，风从山顶把上层的雪吹下来。有不大一会儿时间在我沿着大路慢慢前行时，睡意使我的心灵麻木了，可是还不能迫使我躺下来，我只把它当作一种使我部分遗忘当前凄凉与痛苦处境的有益的麻醉剂，好像遮掩邪恶的月亮的一朵单薄透明的浮云。

蓦然间天空变得四面八方都光亮起来。那种欺人的昏暗从山谷内消失了，好像是服从白天指挥这一切的某一公正而沉着的势力不慌不忙下达的指令。万物恢复了它们的色彩，树木又有了形状、生气，并且颤动着，这里那里，在对面的山峦的表面，飘动的雾气参加了新的一天的活动，我想我头一回听到了峡谷中在我远远的下方哗哗的流水声，那分隔昨天与今天的难以捉摸的界限已经撤除，整个夜晚以及它造成的消沉沮丧已成为过去并且进入了记忆。道路出现在我前方，山口在我左面（最后的山脊与塔斯孔尼的入口），大块的崇山峻岭跟加强的光明结合起来，也就是说揉进了那熟悉而使人精神焕发的"现在"，我发现这个"现在"能用一个胜利的手势打开未来的大门。

我的困苦不是离我而去就是我不以它为意了，我看到前方有一个高出路面的土坡和一小片高大而稀疏的栗树形成的漂亮树林。我登上那个高坡，转向东方站立。

没有任何色彩的预示，或我们在北方的壮丽的霞云，天空是一大片纯粹的光的领域，毫无疑问，那是整个由光穿错交织的，我用心观望它，既感到安全又满怀喜悦，朝阳在我观望的时候升起，进入这片光海。

空气几乎是突然间变得更为温暖。新的一天的光彩和生机勃勃的气象使我整个的肉体和精神都安定下来，敦促和迫使我立即进入休眠状态。

我在一棵树下的浅草间发现一块有泥土气息可以躺卧的地方，我伸开肢体躺下去，坠入酣眠，什么感觉也没有除了从完全的遗忘里提取出来的模糊的愉悦。

我醒来后，沐浴在阳光里的几个小时使这地方仿佛一个新的天地，因为我接受它的心情是新的。我在还没有热得最厉害的时候到达科拉格那，我先是循着山坡上起起伏伏的公路走着，然后(离开这条大路，又从桥上越过塞契亚这条小河)，沿着一道小径往前，很快小径在一个草坡上迷失，但给我启示了方向。我沿着山肩走了约一小时之后，逐渐在我面前展开一个沉寂的深谷，沿着山坡往上生长着大片的树林，直到为一条两个山峰之间的高坡所阻断。这道高坡我知道无非是亚平宁的中央山脊，分水岭，塔斯孔尼的边界，也是我的旅程的整个主要部分的终点。再过去，山谷会向塔斯孔平原开放，而在它南方的极限，那是我的目标。从西那到罗马，一个心切的人，如果他不出问题，整整三天行程就能到。不过，这不是全部的预测，圆满地跑完这最后一圈，要考虑塔斯孔尼的情况，它的那些城市是达到终点的引道。

塔斯孔尼[1]

当我在酷热下睡醒后，整个下午就循着树林往上登攀。那些树木长得大而乱，树下的苔藓厚而软，走在上面无声无息，在这种高度的山峦的最后地带凉爽如同北方。一个烧炭夫在盖他的炉子，以后好多英里听不到一点声音。甚至谷底也是一片好深的草，谷中也没有湍急的溪涧，只有一条潜伏的小溪，像家乡的山涧一样满是落叶。

最后在山谷的终端出现一个陡坡，一块峭壁突起在我上方，它非常峻峭而光秃，有许多已被砍断的树桩残存下来，但它背衬着天空的边缘是一线深厚的森林。

在吃力地攀登数百英尺后，我到达均匀地分布在顶上的森林，亚平宁终于被征服了，最后的一条大山脉被越过了，在这个高峰与罗马之间已没有障碍。

那道陡坡的另一边，我发现树木已被伐光，百年老栗树

---

① 意大利中部西北地区，首府佛罗伦斯。

的根像坟墓一样突出在干燥的陡坡之上，见证我最后艰难的攀登。在最高的部分，山顶，是一线给人清凉之感的森林，那个下午的晚些时候我的感觉是跟这些树木的圣洁庄严分不开的。一种宜人的湿润弥漫在下面的土地，青草如茵，荫凉处有动物在活动。

在我进入塔斯孔尼时我受到的欢迎不光是这个得到承租的树林。我早就听到四面八方急泻而下的水声，塞尔奇奥河就从南坡的二十个源头发源，在藓沼之间喧哗跳跃，越过繁忙的瀑布中的乌黑的巨石。确实，它像北方我自己的国家，你可以想："在历尽这么艰险的旅途后也许我已身处迷林之内，可以找到仙女似的梅丽桑德[①]了。"

一块林中空地在我眼前展开，树木不再遮掩它，我下望山谷，那是塔斯孔尼的大门，那里耸立着这样一群山岭——巍峨，锯齿一般插入云霄——如同人们好梦方酣，或人到老年意外发现什么启示。它们的高度因为薄雾和它们苍灰的颜色而显得分明，它们的轮廓是起伏汹涌的，可是平衡而协调：既有高低，又平稳沉着，恰到好处。那些高墙，山谷的西部边界，好像是为人类特意塑造的，为了用意料不到和异想天开的形状激发他的想象力，用永久的惊奇打破沉闷单调的

① 比利时诗人与剧作家M.梅特林克（1862—1949）的戏剧《佩里阿斯与梅丽桑德》中的人物与背景地点。

生活。我长久地对这些大山凝望。

由于它们的影响，我在内心更为沉默，从高处走下来，一路有塞尔奇奥河的源头许多水泉的陪伴，我一边倾听它们的絮语，沿途的栗树散发着黄昏的香气。从山坡下来直到这些溪涧汇合为一的地方，沿河而下越过一道崩裂残毁的桥梁（那是什么人，很久很久以前，为难得的旅人建的——那时根本没有公路横贯亚平宁，也许这条简陋的小径很受欢迎）。从山谷狭窄的上部平缓地下来，我走在夹道的栗树中间，平静地想，有个伙伴才好，与人为善和推己及人，对注定生活在这个幸福的地方的所有的人似乎是天然的感情。农民指点我去的波尔达没有必要说，直到再度跨越塞尔奇奥，这一回是走过一道用木头建的栈桥，经过一条贯穿一片小树林的宽径后我踏进一个叫西拉诺的可爱小村，它直面正西方，周围全是守卫它的峰峦，它们是这个偏僻而与世隔绝的山谷的老大哥。

一个小饭店接待了我，面积挺大的厨房里满是交谈的男女，厨房的一角在准备晚餐，炉火熊熊，烘烤着熏肉，宽大的木屋顶在高处黑漆漆的。我受到礼貌的接待，可是没有人懂我的话。看到一位年轻的教士，我称他神父，用拉丁语对他说：我会说拉丁语，但不会说意大利语，可不可以请他把我说的拉丁语译成当地的塔斯孔尼语。

对此，他回答“愿意”，别人都对我俩肃然起敬。于是他告诉我“刀子”“房间”“这怎么称呼?”“什么是到……去的路?”等塔斯孔尼语怎么说,还有其他我弄错的短语,因为在那种情况下我只是凭耳朵学。

一会儿之后他回家去了,但我走出来到阳台上,那里男男女女都压低了声音说话。我独自坐在那里观看夜色降临塔斯孔尼的群山。自从六月初月亮在洛林省亏缺以来(过去多少夜晚,走了多少路啊!)——那时她高挂在天空,完全是一弯新月,随着她的变化,变得丰满光明。西方的一颗星辰依次呼唤出他沉默的伙伴,群山融合成更为模糊的一片混浊,苍穹和无限的空间变为任何精灵观望这种魅力的天然位置。萤火虫在葡萄园和下面的树木深处乱飞,蚱蜢的鸣声突然使我想起老家的园子和童年的幸福。西拉诺这个村子仿佛担保我会获得永远的愉快和应有的休息。

塞尔奇奥河谷有这么多的事物值得一说,它是狭窄的,潺潺的流水喧哗不止,树林深密,奇形怪状的青山四面环绕,它有响当当的地名,像铙钹一样铿锵——加法格纳那,通往塔斯孔尼平原,超过一天的路程。还有,它是一个火炉。

在亚平宁有树林的陡坡上并不缺乏古塔,也可以看见更高的山峰,还有小城镇,一个古堡为低矮的屋顶的一溜边缘所包围——全是这些东西。但那是一个炉灶。在经过好些建筑在岩石间的小教堂以及最稀奇古怪的事物后,我认为全是在难以忍受的骄阳的曝晒下。大约在正午后我来到一个叫作新卡斯特尔的地方。

在新卡斯特尔我坐在一道桥上思索（不是对史实的回忆，因为就我所知自由从未全副武装地从那个山谷而过），我脑海里想的不是对美的欣赏，我对一切都态度冷淡，除了天气热得难受，这时我忽然注意到分布在这个小城的大量桥梁。

“这是个奇特的现象，”我默念，“一个小山城的小小的难题，这么多邪乎的桥！”

原先有人告诉过我塔斯孔尼的许多事物，我不把意料中的这些放在心上；样样东西都是记在心里的，不在我心里也就不存在，但新卡斯特尔的桥确实值得赞赏！

一条激流的堤岸上有一个小地方。这里修一道桥是合理的，因为大路通过它达到对岸而向南往卢卡和罗马，不过坐在这道主桥上我计算还有另外七道桥；要解释在这样一个不起眼的城市竟有这么一系列桥梁，只能说某个时代准存在对桥神的崇拜。

你可以说（我已辛苦地走在去波哥的路上，热得垂头丧气，但依然顽强地走着），那已经充分说明了。首先一样东西如果是有用的话，它必然普及，然后是习惯，一旦成为习惯，那就带有神圣的观念。桥的情况就是如此。如果炎热妨碍我对左边漂亮开阔的山谷、短短的铁道、最后的麦山说一句话，你以为它会容许我讨论桥梁的神圣性吗？如果它允许，我想就“为什么习惯会成为神圣不可侵犯”论一下，它多少给你出个难题,使你稍微伤伤脑筋,因此也会给每个总是读书读到视力茫茫、弯腰驼背，把牛角当象牙的学究出个难题。这件事到此为止。你愿跟谁去辩论听你的便。

傍晚我身在波哥。在吃饭、睡觉,反思在酷热的天气下行军的错误时,我不想被打断。这一趟赶路破坏了将近三十英里的兴致,丧失掉如此之多极好的使人快乐的情绪,全是由于匆匆忙忙和忽视了意大利夜晚的特点的缘故。

所以我睡得既晚又不舒服,吃了苦头还睡眠不足,有了这回经验我发现一个伟大的真理：在南国的夏天倘若白天你不休息,晚上就热得难以忍受,要是你在白天休息,傍晚你就会觉得凉爽和精力充沛。

下一天早晨我继续踏上去卢卡的路。

尽管我一早出发,酷热越来越难以忍受。接着,虽然还是早晨,我踏进卢卡城的北部,那是最干净利索,最整齐有序,最规划严谨的城区,作为文化古迹是世界上保存得最好的小城之一,它宽敞的街道,式样古怪的堡垒,安乐、寂静的房屋——一切都像在高高的青天白云下安宁自在的家庭,像它本身那幅地图一样鲜明整洁，那幅图画像几何题似的清楚醒目。卢卡的样样东西都是美好的。

如果可能在街道的东侧以避阳光，我就带着短短的影子慢慢地走,然后我来到主要的广场,随即在我右边出现一家漂亮的大旅舍,但偏巧正对着光焰炽烈的天空,我不得不站在它外面数我的钱,我把钱数错了,走进去看见老板在里面,他能说法语。

“虽然时间还早,您能不能在一个钟头之内为我准备一顿我点的饭菜,然后一个床位?”我把我的目的向他做了解释,使这个可笑的问题不显得那么可笑,我讲了我如何步行往罗马,作为一个北方人又如何不习惯这样的酷热;因此我如何缺乏睡眠,往后如何主要在夜晚赶路;我已下定决心在最后这段行程上白天睡觉以避开当头的烈日,用夜晚去弥补白天损失的时间。

这一切他理解。我点了一份人们招待打完仗回家来的知交好友的盛馔,包括一种以前在萨恩河[①]我就已闻名的酒,这种酒在希腊人来到这个国家之前就已遐迩驰名。在他们准备时,我到他们清凉而壮丽的大教堂去参加弥撒,虽然为时已晚。然后回来享受那顿盛馔和美酒。那是这么多年之前勃艮第人践踏那条金山山脉[②]的时代就已出产的。他们领我去一间豪华的卧室,里面一张挂有大幅帷帐的床正欢迎我去安歇。

我旅途上的全部时日,不干净的小饭店、森林、户外的夜晚、寒冷、雾霭、失眠、眩晕、尘土,使人眼花的太阳、亚平

① 法国东部河流。

② 指法国东部科多尔省的山区,以出产葡萄酒出名。

宁山——所有的那些日子都一齐冲我而来，落在我头上的是一种和平的重量，如同两百年的重量压在萨拉戈萨[1]塔楼内的查理曼大帝的头上，当他把仗打完，控制了埃布罗河谷后一样。

我整整沉睡了一天，外面耀眼的强光在紧闭的百叶窗上营造了一片寂静，除了小昆虫在外面的空气中乱飞。

我醒来时已是黄昏。旅馆把我服侍得极好，我照付他们拿出的账单，离开时剩多少钱已经不在意了。我走出卢卡城的南门，越过铁路，踏上征途。

我要走的大路在那座山的侧翼之下，卢卡人因此看不到比萨，比萨人也看不到卢卡——这对我完全一样，我不会在其中哪个城市居住，这是上帝的意愿。

那一晚的夜行没什么可说，除了天气凉快，轻雾弥漫。在气派繁华的阿尔贝哥旅馆丰盛的招待和一宿之后，行路简直不在话下。沿途的村落静寂无声，月亮隐没，大雾从夜半后变浓，星星无法从雾中露面。

我在卢卡买的一张地图使这段旅程的第一部分（虽然有许多十字路）十分容易，下一部分，是在夜半和黎明，一帆风顺，直到走完主要的路段，最后，非常疲劳，到达铁路支线向西北方向倾斜的地点，在天已大亮时越过它——我清楚地站

---

① 萨拉戈萨，西班牙东北部城市，也是省区。

在爱尔萨谷和循着直通西那的铁路线并行的公路上。那段长征,我想,在凉快的天气下和黑暗中是十分轻松的,但我什么也没有见到,只有我内心的思考。假如你在六百英里的旅程上还不够享受,那你就是一个比我以为的更顽强的家伙。

季节已是仲夏，天亮得更快。在日出长时间后雾消散了,山谷的自然风光显示出来。

这一带绝对算不上是多山,而是平缓方便,使人心旷神怡,四周低矮的山冈环绕,山上偶尔会有背衬着青天的扁柏树。令人喜爱的农庄也很多,虽然土地干热,这在南方到处如此，可是有普通的小河（或运河）灌溉，为树木供给养分——但缺乏北方那种根深的青草。

日出后一个小时或以上我步伐矫健地继续我的行程,后来朝阳的温暖变成白天的酷热,我记得梅林的告诫,他说夜行的人必须在白天睡觉，我也记得曾任圣安妮学院研究院的詹姆士·贝尔的朴素的诗句:“通常在塔斯孔尼的夏日,白天闷热,夜晚凉爽。”我设想立刻采用猫头鹰的习惯,躺在一种我从未见过的树下,用愉快的想象催眠,把那当作文艺复兴前画的画上的一棵树,背景是什么十五世纪的景色(因为是那类地点),我倚靠着它睡熟了。

我醒来后觉得睡了好久,但我怀疑这种感觉,朝阳依旧是初升的状态,阴影还没有缩短,这使我迷惑不解。我看看我的表,但夜行造成的习惯的错误使我忘记上发条,表针指着三点差一刻,这实在荒唐。我感到纳闷,勉强上路。经过几栋白色的小农舍,里面没有钟,也没有人。最后,在一家小餐馆吃饭时,一个女人告诉我刚过七点,我只睡了一个小时。

外面天色大明,苍蝇已经开始在暗室内进行骚扰。从半卷的门帘向外张望,门外的大路在太阳下晒得发白,铁路就在对面通过。

我付完饭费，多少出于好玩，把剩下的便士排列在桌上,开头摆成一个四角形的十字,然后摆成圆形(有趣的细节！),大路白晃晃地横陈在外面的太阳下。

我数着便士和银币——有三个法郎稍多一点，我记得卢卡特等的优待,大手大脚地花钱,现在在一个卑躬屈膝的人的口袋里,这些英镑对它们自己爱护备至。记得在科摩我曾经迫于贫穷上了去米兰的火车。三法郎走完去西那的二十五英里旅程。

我记得在西那邮局令人心花开放的汇票,西那的长坡,柜台后按汇率换钱的职员。

假如米罗人①拿出一尊金像给发明车轮的人,我们也应拿出一尊石灰石或石膏像献给发明铁路的人，他的贡献不仅增加旅行的速度和舒适,而且促进睡眠,那是任何药物绝不能做到的:即使缺月下采的罂粟也做不到。铁路有稍稍起

---

① 希腊岛名,著名的维纳斯塑像即在该岛发现。

伏的节奏——它们像永远不息的激流发出的隆隆的轰鸣，它们给心灵盖上一块面纱。

只有一回，一批人大叫大嚷，像对着叮当的金属发出的喊杀声，我睁开惺忪的眼睛，看到一座山，一方城堡的墙，许多扁柏树，一座奇异的塔楼兀立在山顶（这些塔楼我得知是塔斯孔尼的特色）。随后一转眼之间，似乎如此，我在西那车站醒来，铁路在这里告终，不再往前。

时间还在上午，但强烈的日光已使人难以忍受，我经过巨大的城门，这扇门穿过由雄狮雕像守卫的高得惊人的城墙。在狭窄的街道上有深浓的阴影，跟北面较高的楼层上的光焰对比下阴影处更显得清凉。西那奇妙的古迹有片刻使我的睡意顿消。我看见它的大广场，广场上高大的塔楼标志着这里是中世纪行会会馆。我听到大教堂附属的小教堂内人们在做弥撒，这个小教堂里全是壁画。它可以说是建在大教堂外，就在圣坛的尽头，唱诗队席位之下。我注意到西部城像群山的王后，俯临着整个塔斯孔尼，往北高出于爱尔莎谷，往南高出于环绕阿米亚托峰的地区。这座高山我也见到模模糊糊地远在天边。我忍受着一切如同美国和英国大街上一样，种种展览会似的俗气。我拿着钱兑换。如此还没过整一小时，疲倦使我提不起精神，我考虑：

“毕竟，我的目的不在游览城市，我已经看到远处的那座大山，从那里就能远望到屹立在罗马之上的群山了。”

我怀着这个想法信步而行，想找一个安静的地方，在西那城靠北处发现一块荒无人烟的草地，它靠近一座红砖盖的旧教堂，像一个粮仓。在它底下的阴影吸引着我，尽管有稀稀拉拉、沾满尘土的草。在这个地方没有人去干涉流浪汉。我躺下去连梦也没做就睡着直到黄昏。

在黑暗中我步行了二十至三十英里，要描述它会使你比遭到一群大黄蜂的困扰还糟。

不值一提的插曲！没有在云的包围中挣扎的月亮，没有雾，没有在友好的大地漫长而曲折的过程，没有夜的感觉，没有黎明的奇观，没有自吹自擂，没有宗教礼拜，没有豪言壮语，没有入睡的村庄，没有寂静的城镇（有一个），没有树木的沙沙声——不过是一段简短的经历，你进行了一次隐蔽的行军，仿佛一支部队的轻快的转移。新的一天到来，太阳在这一路下来可憎的晒得焦干的小丘上升起。

别，别，读者！别指责我因为塔斯孔尼在我脚下过去而未受到注意，如同单调的大海在张着满帆前进的小艇下过去一般。指责所有这些不断行进的日子吧，数百英里又数百英里耗尽了我的心力。指责埃特鲁利亚[①]怒火炽燃的天空吧，这迫使我大部分路程要在夜间行走。指责圣奥古斯丁[②]吧，在他的

① 意大利中部古国名。

② 圣奥古斯丁（354—430），罗马神学家与哲学家，出生于北非。

《忏悔录》中误导我，他像非洲人一样说到“意大利结冰的海岸”。或者指责罗马吧，她把我吸引过去，随着她从六英里到五英里，从五英里到四英里，从四英里到三英里地接近——现在离她只有三天的路程。我现在看到的太阳，随后我将看到它第三次升起照在那座城市上。

我确实打算在酷热下向前走一点点，但这是徒劳的。一小时后我放弃了。与其说那是因为烈日当空，虽然晒得要命，不如说是大地的残酷无情使我束手无策。那好像土壤在洪水或地震的大灾变之后变得粗糙残缺，它使我想起美国西部的那些恶劣的土地，那里的沙漠没有任何形状，事物破损而灰白的面貌比它们的寂寥荒凉更加令人厌恶，好像在噩梦中急行军！

北方是适合人居住的地方。伊甸园就在那里。乐园的四条河流是塞纳河、瓦士河、泰晤士河及阿嫩河。那里青草如茵，树木森森，空气令人心旷神怡而无人注意。流水一直充溢到田地的边缘。但光秃秃的塔斯孔尼对我永不相宜。

究竟走了多远我说不清，也不知道离圣魁利柯还有多少路，距邻近的城市可能多远。我在西那买的有缺陷的地图因太小而标志不清。我满足于等待黄昏降临，然后继续前进走到找到它为止。我在一排干燥、满是尘土的灌木下的荫凉处躺下休息，又吃又喝酒抽烟，消磨了一小时左右，然后睡了一整天，醒来一会儿又睡得更沉。

在我郁郁寡欢地起身时大约是五点，准确地说，或者不止。我走上没有完的大路。

甚至意大利的自然的美，似乎也在这些干巴巴的山谷中都晒焦了。在一家我进餐的小饭店里人们对我大叫大嚷，以为这样会使我明白，他们的声音刺耳难听如金属摩擦石头。往前走一英里，我跨过一条孤零零的铁道线，接着我的地图告诉我我在何处，我疲累地登上一个在日落下难以言状的山坡，觉得太阳极端厉害，在这个地区只有入夜后的空气才能忍受。

不久圣魁利柯的城垣就峙立在田野上了（在这里最小的城市都有城垣）。当我踏进它的城门时太阳落下来了，虽然凉爽来得突然，如同其中有魔法，样样东西都变得比较和善。一座可能引起你的兴趣的教堂坐落在小城的入口，在它的台阶上有雕塑的石狮，它那圆柱上的雕刻像打结的绳子。我在这里头一回看到在意大利为死者举行葬礼的宗教团体。送葬的人们头上盖着长长的和令人敬畏的兜帽，为眼睛开有狭缝。我跟圣魁利柯人说话，他们也同我交谈。他们的身材笔挺，脸部有非常优雅出众的线条。城墙上嵌着一块大理石碑，上面记载着要求塔斯孔尼的人民，在愿不愿接受他们世袭的公爵，也就是萨伏依王室的问题上，以如此这般的大多数投票赞成。这种石碑我后来发现在所有这些小城是很普通的。接着我走过长街来到更远的一座城门，看到一个壮观的景象，薄暮的光辉依然还能让我欣赏到它的全貌。

因为圣魁利柯是建在这片土地的一个有几分像浪涛起伏的波峰边缘上，我站立的地方你可以从这里俯视下一个波峰。因为这片景物的面貌在大范围上，正像你从一叶孤舟上往前看滚滚而来的大海所见到的景象那样。

海浪的波谷是一个浅浅的紫色的山谷，它的贫瘠荒芜被黄昏温和的微光掩盖，山谷内有少量的树木，截断了它的延伸，它的坎坷不平和覆盖的土壤恰似暴风后的水面。波峰是在十七英里外。它如同海上这样的波峰一样，在漫长的纹线上有一个最高的摇摇欲坠的顶峰，这个顶峰背衬着明净的天空，人可以看到空中有建筑物的痕迹。这些建筑物是拉迪伐格尼的废址的古堡和墙壁，它恰好位于我去罗马的道路上。

看见城镇这样建筑在山峰上直插云霄，而这样的高度因为它有结构似乎更难以置信，它是吸引着北方人目光的奇观。一排扁柏树挺立在大路的两旁，大路是从圣魁利柯低落而来，恰好在这两者之间接高峰，远在长长的一段路之外，好像是设计出来的。

由于更有了精神，并且受这样一个大致情况(也就是前途可能遇到冒险)的诱惑，我出发去跨越山谷的光秃秃的主要路程。我一边走，阿米玉塔山在西边越来越差不多跟我并排了，靠近山麓有峡谷和意外的岩石。在一块岩石上有一个村子。我观望它的教堂和近处的一棵高大的扁柏树，它们在白昼的光线下露出黑影。接着我在尘土飞扬的大路上走了好几英里，经由一道道古桥跨过好些沟渠，这些水道内什么也没有，只是一汪绿潭，夜色加深了。

在我走过这片晦暗的平原，到达它的最低的洼地，离攀登拉迪可伐尼的高坡不远时，看到一栋大农舍里射出的灯光，尽管夜行是我的任务，可是我需要交往，所以我还是走进去。

屋子里有一个非常大的房间，用砖铺的地，照明用一支蜡烛，住着两个健康的老农民，面貌像使徒，在那里打纸牌。还有一名妇女，在跟一个健壮的男孩游戏，男孩还不能说话。孩子向我跑来。什么也无法说服主人，我只好说我是个穷光蛋，需要睡觉，什么抗议对他也不起作用，除了以贫穷和羞愧为借口。他一下变得善良慷慨起来，问我去哪里，我说“罗马”。他出去拿了一盏提灯走向马厩，领着我看那里一个放满干草的马槽，指出我可以在那里睡。他的蜡烛一闪一闪地照着站成一排排，身躯庞大，不出声的牛，它们粗大的角，比我们在英国所知的大三倍，使我充满好奇……好了！(希望对我来说这一安排是赚了！)与其似乎去冒犯他，我不如躺下来，虽然我跟在我们的苏塞吉斯黄昏的蝙蝠一样一点不想睡觉。我小心翼翼地不给他钱。他离开之后我抓紧机会休息一会儿，仰天躺着，睁眼望着黑暗。

牛群以有规律的声音大声嚼着草料，我记得在一艘船上操舵的声音，大海的声音和螺旋桨有规律的声音，因为它们完全相似。我在黑暗中细想这些牲口的高贵的姿态，如在提灯的灯光下看到它们一样。我决心等我到了罗马要购买两只这样的牛角回英国，把它们镶嵌宝石作为角制的酒杯——两只用来饮酒的大角杯，有一码深——请一位雕刻师在每只角杯上刻下一条箴言。

在这么一阵谋划考虑后我悄悄起身，以便不惹那个农民生气，我轻轻走出来，这样一直向山顶走去。

在攀登了数英里之后我接近山顶，这时天开始亮了。我走过的这一段距离，它荒凉的灰色在苍白的黎明中呈现出来，只有阿米亚塔峰现在稍稍偏北，更加平缓而不陡，跟远方的树林一起使这片景物显得恬静柔和，在它和这座山头之间横隔一道界限不清的河床，干涸如盐滩的石头。

在我从一个城堡的废垣下经过时太阳升起来了。在这个小镇，尽管时间还早，许多居民正在活动。一个人对我道一声早上好，这是个性格独特的人，在这里天正微明时，他坐在门口阶级上，懒洋洋地无所事事，自得其乐，好像正午时分。另一个人正替牛套轭，还有一个人则唱着歌下田干活。

我没有在这个鸦巢流连而是通过低矮古老的南门出城，又一个更深的山谷，甚至比上一个更干燥更死气沉沉，出现在上升的太阳下。这足以使人绝望了!我想到白天睡在那片荒野上,明晚经过它的艰难的夜行——

我一见那个山谷就有些绝望，可是我知道阿瓜本登特位于对面那些山冈之上，在我到达那座小城之前又必须通过那个山谷。骄阳战胜了我,我正毫无希望地寻找一个睡觉的地方,这时一辆牛车由两头牛拉着,约莫以一小时一英里的速度叽叽嘎嘎地从我身边经过。赶车的人睡着了,脑袋垂在阴凉的一边。魔鬼引诱我,一点没有玩世不恭和可喜可贺的感觉,毫不犹豫地我从后面一跃而上,也把头靠在阴凉的一面(有许多软和的袋子当床),我不用多久就愉快地睡着了。

我们并排躺着,一个钟头又一个钟头,时间到了正午,太阳晒在我们脚上,但我们的头部是在阴影里,我们踏踏实实睡了一个十足的好觉:他以为他是单独一个人,但我知道我有人做伴(这更好),我对了他错了。天热起来了。在炎热的太阳下昏昏欲睡,比在北方的夜色里更不可避免,但在正午做不了好梦。

我俩时不时会有一个睁开惺忪的眼睛纳闷，但睡意重压着我们两个，我们的心神像废船的船体在大海黑暗的深处,沉浸在风平浪静中。

我们两个谁也没有真正的清醒，直到牛车在山脚停下来,山升高而进入阿瓜本登特。这一停把我们弄醒。他注视我片刻后大笑。他似乎一直以为我是他的什么在中途搭便车的老乡;我呢,从我这方面说,多少确信他是个好人,不会害我。我是对的,他错了。由于给他的牲口加重负担我不知道要送他点什么以报答他。稍稍考虑之后,我从口袋里掏出一支雪茄烟,他极为愉快地抽起来。同时拉车的牛被赶着登上平缓的山坡,我们就这样到达阿瓜本登特这座名城。但它为什么知名我却无法理解。也许因为在它狭窄的街道中有一条街上有一幅画或一座教堂,也许这幅画或这座教堂吸引了不少不相信的人。对我这个朝圣者来说它不过是一堆房子。我走进其中一所,用灵魂保证,我对它没有什么可说,除了它为我提供食物。

我不自觉地计算过这里面的苍蝇的数字,虽然它们有许许多多。再说,即使我计算,除了对统计学者外,这个数字又会有什么意义呢?统计苍蝇数字的学者既有耐心又荒唐可笑,我诚心介绍他们亲自去计算解闷吧。

吃完这顿饭,离开这个小城和这里的人民(那完全是平凡乏味的一类),从城门出来,左边是一座教堂,我在去圣劳伦佐的短短的道路上走了一小段,但并不打算走远(因为你知道到这个时候),夜晚已成为我的白天,白天成为我的夜晚。

我发现在高高的树木间有一条溪水极其缓慢地流过,这个情景足以使我想起让我在溪边休息的老家。我躺在这里直到天黑,或不如说直到黄昏我可以醒来步行的时候,这对我已习以为常了。

我从圣劳伦佐的南门出来，蓦然见到脚下波尔塞那湖广阔的湖面。

那是一大片像海似的湖水，那是当你知道你是身在高原上,只有一个短短的斜坡通向它:它是圆形的,周围有一圈低矮的、均匀的山冈,那么你就知道它是一个古老、巨大的火山口,现在充满纯净的水,不仅如此,湖中还有许多岛屿,岛上有宫殿。确实,它给你一片沉寂和值得回忆的印象,湖水朝天，在我头上的天空高悬的弦月在白天依然是苍白的,等待着圆满时熠熠生辉。

我坐在一堵有顶盖的墙头,喝下少许酒,吃一点面包夹香肠,但在凉爽的黄昏仍旧想唱唱歌,想有个伙伴比风景更重要。上帝莫怪,我已变成南方人,把美景看成理所当然了。

不管怎么说,我看到一辆双轮大车通过城门,拉车的是一匹骨瘦如柴,吃力费劲,要散架的小马,由一个小个子、褐皮肤、黑头发、笑眯眯、自得其乐的老头赶着,我向他打个手势,于是他停下来。

这一回绝无魔鬼的诱惑,要说的话完全出于我的主动。我决心坐车,于是一跃而上,坐在赶车的人旁边。我们紧赶着下山,哐啷哐啷、嘎吱嘎吱、咚咚砰砰,像一门大炮,他,那位老兄,未经请求就开始唱起歌来。我随即也唱,他歌唱意大利,我歌唱四个国家,美、法、英、爱尔兰。我不懂他唱的歌,他也不懂我唱的歌,但是他和我有共饮的酒,萨拉米香肠[①]和欢畅的心,全体人类的黏合剂——面包,还有解决心神不宁的主要办法,把钱忘掉。

那是一次顺利的赶车,一次老老实实的赶车,一次令人有想头的赶车,一次基督徒的赶车,一次有光彩的鼓起干劲的赶车和一次值得永远怀念的赶车。月亮照着我们,虽然她已经衰老了,但有少数人喜欢,波尔塞那湖在下方闪闪发光,却没有人喜欢。我粉碎了要步行到底的誓言,没有一丁点借口来为这次乘车辩解,面对广阔的天空,为了寻欢作乐,公然放肆地这么做了。除了欢畅还有什么别的东西呢?美跟别的什么东西一同向前呢?没有,而只是高昂的歌曲,同志的情谊,马儿狂奔的喧闹声,响彻老树林间的笑声。

我循着可爱的湖赶路已有一段时候,刚好在进入波尔塞那时,我的同伴停下来,驾车转向一条小道,准备向一个农庄或村落而行,所以我向他道一声晚安,穿过田野,静静地站在湖畔,长久地看着湖水拍打一片小得可爱的湖岸,还有优美的细细的湖波。我伫立在那里直到繁星点点,明月洒满清辉。然后我朝黑暗中显露出来的高大的城门下和巨岩上的城堡下的波尔塞那走去。接着在一家不完全是饭店的

---

① 意大利特产的蒜味香肠。

一个大房间里，一位庄重的老妪把湖中出产的鱼煎好招待我,人们围拢来尽力告诉我去罗马的道路怎么走,另一方面我作为交换则竭力用手势加不连贯的词语让他们了解我登越阿尔卑斯和亚平宁的经过。

接着饭后其中有个人告诉我我需要睡觉，可是在那栋房子里没有房间了(如我说过的,那不是一个饭店),但他愿意带引我看看在大路对过他用来出租的一处房间。我争取告诉他我的计划是在夜间步行。他们全都向我保证他会向我要求一个合理的价格的。我坚持说白天太热不适合步行。他们告诉我埃特鲁斯坎人的规矩，我无须担心这样一个人的诚实的劝告。

要使人人明白样样事情肯定不易。好多天以前,我早已有过山区的经验,人在异国流浪时穷困而衣衫褴褛,不免让人产生误解。我因此接受他们的提议,随即真正使我大为遗憾的是我照付他们要的价钱。我甚至随当时情况需要睡够若干小时(因为那天我在大车上是断断续续睡的,并且不是从头至尾在炎热下休息,而在阿瓜盘登特吃了一顿饭)。但我夜半后不久醒来——大约在一到两点之间——然后循着湖滨走去。

月亮已经落下去了，我但愿能看到她在那个高山之谷的晴朗的天空以弦月的形状高悬，投影在山谷的明湖的边缘内。我明显感觉到寒冷。我相当缓慢地走着,直到开始顺坡度登攀，在破晓时发现自己到了一条下降的小道通向蒙特斐亚科涅这座小城。

小城在苍白的晨光中横陈在山冈上，但渐渐变得明亮起来。一座大拱顶给它抹上尊严的风采，有一个城堡俯瞰着湖。它建在控制着两侧的环状火山口的边缘。

我登上通向它的这条内陷的小道，不知对面再过去会有什么情况，这时在顶上，日出下我面前出现那意料之外和结合为一体的景色，那是属于意大利的许多辉煌的风光之列。当人从这里旅行往罗马学习艺术，然后又通过她的山间的道路回来，如再见到了像花园一般，由险峻的山地环绕和形成的既定的平原景色，它们改变了上百名北方画家的心灵。

大路没有通过小城；宏伟而损毁的城门在右方一小段路不远，下方，在大路继续沿着坡道下延的地方是一块约八平方英里的平地，满载着树木，随着距离拉长而减少。在远处的一边，一座林木苍苍的大山，轮廓平缓，但雄伟庄严，阻挡住往罗马的道路。它依然是这些大山群的又一座，在死灭后变得苍翠丰饶，是拉丁姆区①的标志。它隐藏着一口静静的火山口湖，如同我曾经站在边缘上的那个更零乱一些的较大的湖。但这个我即将发现的湖，要比闪闪发光的波尔西那海小得多，它的湖岸现在已落在我后面了。

---

① 意大利半岛中部一地区，古罗马的发源地。

限定它的山峦，在那样的气候下应该在纯净的空气里显得清晰可辨，但因为时间还早，薄雾笼罩大地，太阳还未能控制它，甚至有点微寒料峭，我看不到维特波的塔楼，虽然知道它们是在那远山的山麓。我从那条大路走下去，半小时左右就走到横贯平原的那条直线。

我有点奇怪这条大路跟小城是处在什么样的位置，我拿出地图作为指南，但没说明问题。拿整个意大利中部来说，它太一般了，甚至大城市也只用小圈圈标出。

我走近维特波时首先看到一堵奇异的墙，跟我的路垂直，原封未动，是中世纪的遗迹。它笔直地兀立在你面前像一方峭壁，似乎比它本来的高度高得多。它的一百英尺左右的高度由于石头的简朴刚硬和它们的直上直下而得到夸张。虽然年代古老，因为它们毫无装饰也就没有朽坏的痕迹。高高的塔楼，完全是正方形的，同样没有雕刻和堞眼，间隔地沿着令人难以接近的防御工事兀立，位于幕墙的一侧。然后更近一些，你看到的并不是一个巨大的城堡，而是城墙，在一个角上它急遽迂回过去以控制这个城市，通过一个不平的地点我见到房屋。许多人沿着这些墙在马路上步行，墙上有门穿过，公民就从这里进出城市如同蜜蜂从蜂房的小孔中出入。

但我去罗马的主干线不经维特波，它跟东面的城墙并行，我稍稍进行一番自我辩论，要不要进去呢。它不顺路，因此我没有进入蒙特斐亚斯科涅。另一方面，维特波是个著名的地方。忽视佛罗伦斯与比萨一点没有关系，因为它们偏离直线若干英里，但维特波就在眼前，失之交臂确实遗憾。再说后来几天在山中我需要酒和食物。还有，天气愈来愈热。时间已过八点，雾气消散，我担心时间不等人。所以我在维特波的高塔和古墙下沉思，回顾一桩重要的事情。然后好奇做到了理智所不能做到的。我通过一座城门进去。

街道狭而不直，但有生气，全都由高大的房屋遮掩，仍旧充满夜晚的寒气。街道上回响着喷泉的噪音，妇女尖厉的声音和小贩的吆喝声。每栋房子都有点什么稀奇古怪的特色。人类像自然生长的植物，交抱缠绕着进入这个地方，人的不同的思想，既有那些在那里活着的，也有此前死去的，通通把它装饰起来。庭院里有雪白的墙头，阳光照在上面使人眼花，墙身则在阴影里，大门上有许多雕刻和绘画。我走了一段寂静无人的路之后来到一个很大的居民生活区。

我在头一条宽广的街道上购买了香肠、面包，一大瓶酒，然后离开维特波。我从来的那个城门出城踏上旅途。

我继续在城墙下走了好久。我注意到在一个地方有中世纪的特征，我指的是一座教堂的半圆形壁龛直接建在墙内，如同巴黎古老的圣斯蒂芬大教堂。这，我以为可能会得到敌人的尊重；尽管我注意到在许多城堡内附属的小教堂也突出在墙外，不加掩盖。你我的祖先打仗，我们不知道他们的姓氏，可是我相信并希望你们的先人会小心翼翼地放过圣坛如我们的先人一样。

道路开始攀升，虽然热度增加——因为在意大利九点以前对我们北方人来说已是阳光逼人的正午，不过似乎远比早先的一些地方可以忍受，比如加伐格纳那的火炉或是西那的沙漠。因为随着登上山坡，出现一片大栗树林，栗树下清冷宜人，甚至还有苔藓，仿佛我又回到故乡，夏天河水盈盈，芳草芊芊，应有的一切尽都具备。

还有高度也开始影响空气，但不太大，因为在森林落到我后面和我攀登到一片光秃不毛，更为平缓上升的荒地——圆形山顶上的堡垒前方的一个斜坡时——我感到十渴逼人，虽然还不致热到唱不了歌（因为我唱，两个寂寞的警察也唱着走过我身旁，我们互相打招呼，赏识山上充满歌声），我还是渴望有条长凳，一个大酒壶，一片阴凉地。

在我这么渴望着的时候，出现一幢小屋，一个妇女在阴影里缝东西。小屋里还有一个老头。户外有一棵树，树下放着一条长凳，一张餐桌。我坐下来喝白酒和水，喝了一杯又一杯。女人要了我半便士，老头不愿说话。他没有唠叨他的年纪。那是他的事，不关我事，但我本来应该亲切地用南欧共同语同他交谈，听听他说山区的故事，有什么野兽出没，在什么样的夜晚户外有危险。事情既然如此，也只好这样。我离开他们，也许再也不会见到他们了。

道路没有尽头，山的绝顶，我预期从那里看到火山口湖，总是在我前方，可是又走不到。存储在一段空心圆木内的一口小泉的泉水，灌溉着右方的一块草地。再次饮水时我考虑是走下去还是休息，但我充满思古的幽情，在血液里的记忆力，或不管别的什么感情，驱使我在睡前要去看看火山口湖。在走完数百码后，这一苦恋得到了满足。

我在两道坡段之间经过，大路在火山边缘的顶上消失，然后立刻在远远的下方，我看到一圈静静的树木当中的维纳斯湖，那里有一条沼泽地界限不明的边岸。湖有好几英里，周围黑黢黢的山坡使它的墨色更深。它的黝黑使人想起我们得到拯救和快乐的世界在黎明前的黑暗。

在它较远的一头，一座小山曾经是火山口内的一个圆锥体，突兀而出，覆盖着密密的林木：它就是维纳斯山。

上面没有庙宇，也没有祭品，更没有对神明举行过敬拜仪式的痕迹，除了常年的沉寂造成的庄严肃穆的气氛。但在依然保持不变并使它具有吸引力的影响下，你不可能认为神已死去。在那个空穴里没有人类，也没有人留下值得纪念的东西，除了想到几千年来死去的人。没有可见的生物。心灵解放了它本身，并且跟被征服但没有死去而幸存下来的任何精灵产生接触。

在一种崇敬的情绪下我准备膜拜，内心里还有土生的守护神精灵的充实，它因为过度的敏感或纯真而无法承受时间的作用,我经过山边的山脊路往下走,来到边线俯瞰下方的古战场,在那里曾经发生过的决战决定了世界根本的命运。

下面的土地属康帕格那[①]。地名都是最早的原称,在展开的平原外的每条裂口和远处的岩石都有名称,使河流的道道闪光都神圣化。在我的脚下是维依[②]。对面,在右方的高峰是特鲁斯库伦,在刚好脱离云影的亚平宁山壁中,是台伯河,它使在山脉隆起的边缘的峡谷高贵尊严。再远向南去,清晰可见,在一座高山上跟我所在的山峰相对的,是罗马的母亲阿尔巴·伦加[③]。台伯河,一片褐色的浓雾在上面翻滚并掩盖着它,那是这片辽阔的平原的神。

此时此地我应该看到罗马。我站在陡坡上,手搭凉篷,费力地眺望阳光下圣彼得大教堂的拱顶,但我未能发现,因被罗马为低矮的萨比尼山所遮挡。

我看见索克拉特在那里——索克拉特,少年时我就读到过它。它拔地而起犹如一座卫城,但它是一座不护卫任何城市的要塞。它挺然独立,像那个幽灵般的人一度出没于它的深处并预言北方的君主兵临城下的征服。我看到许多部落

---

① 也叫罗马·康帕格那,意大利中部围绕罗马的地区。
② 维依,意大利埃特普利亚的古城,在罗马东北。
③ 阿尔巴·伦加,意大利中部古城,在罗马东南。

生活过的田野，在它把它的名称给予拉丁族的遗产以前[1]，那是这个不完善的国家的首批敌人。

神秘的埃特鲁利亚[2]横陈在我后面，落在我长征的背后而被遗忘；一个火炉和一个谜，宗教从它产生而走向罗马人——一个没有留下语言的地方。但在我下方的古战场(空气好像山顶的一样比较凉爽)，那里发生过决定世界命运的最初的战争。

难道就是在这么一个小小的空间曾经上演过人类童年所有的传说，难道保卫台伯河桥之战是针对这么一个邻近和渺小的盟友？难道他们是一批小农舍的农民，竟然传下来伟大的规章制度的遗产，筑成坚固如铁的渠道，由此把古代的德行作为鲜活的纪念物甚至传给我们？准是如此，因为在一幅景观上的村庄和废墟组成全部第一代的罗马史。我们赞美那些石头，最后的遗迹所表现的气魄宏大的精神来自那个简陋的村落，发源于那一片平原的种种纷争，罗马在它能说话以前就是非常有活力的。所以一个人的诗，他所有的一切，不过是一种更早，更有可塑性，更神圣的火焰的最终的外在表现。

---

① 欧洲的语言、建筑、法律、数字等都冠以罗马的名称。

② 埃特鲁利亚为埃特鲁斯坎人于公元前约八世纪建立的国家，其国势于公元前七世纪达到高峰，公元前三世纪为罗马人灭亡，其语言的从属关系至今仍是个谜，但从留下的文物判断，其人民是有语言的。

“我依然在思索，在这个角斗场上，发生了最初决定世界命运的搏斗。这样，被一个没有完结的主题所影响，我在遐想中吃喝，依然感到好奇，然后躺在一个孤零零地长在新天地边缘的一棵小树的树荫下，尽管依然纳闷，在朝阳下我睡着了。

但这次睡眠不像以往使我从没有休止的旅途疲劳中精力得到恢复，因为在我睡着时依旧梦见我就要看到的情景，没有思想的行动的幻影——盛大的场面和神秘的事物——包围着我的精神。不管什么东西，只要穿过远离感觉的心灵的一片黑暗，都笼罩在罗马的英名之下。

我醒来时黄昏已经到来。平原上聚集着一片雾气。大路伸进伦奇格里昂，它的周边被梦境所环绕。我体内的能量经过几小时的休息产生了新的吃苦耐劳的活力，对灵魂来说则毫无必要。至少是在下一个时辰，我的活力达到这种程度只需要持久的体能就行。配得上这样伟大的时机的热忱找到了一种前进的活力做它的仆人。

在伦奇格里昂我看到透纳[①]画的景物。我指的是河水发源的岩石群，房屋全挤在一堆，给悬崖峭壁戴上冠冕。伴随着那幅图画的还有柔和的光，它为太阳悲伤，给世界抹上半明半暗的各种色调。气候凉爽，机会在招手。我又吃又喝，向

① J.M.透纳（1775—1851）英国风景画家。

每个人打听罗马的情况。我经过他们的大门之下。在雾中随着道路升高,不达目的不止的热情也在高涨。

整个长夜,一程复一程,我沿着卡西安大道而行。连续五天我在热浪下睡眠,南国的夜晚成为我的白天。虽然大雾弥漫,虽然月亮现在已过弦月时节,只在天上占据一个朦胧的位置,然而希望和想象更多替代了看到的情景。在大雾中,随着夜行的每一步我觉得越来越接近目的地。

走了好长时间,我把经过的地方当作一站,好久才过塞特维尼,在白雾的花环上出现一点模糊的光亮,许多许多小时一直不息的远处的歌声,欢宴的人们的喧闹结束了——伴随着二十多英里的紧迫进军——这是值得推动它的影响力的兴奋。在全力赶路之后于是我又产生吃东西和休息的需要。但这些事情在本书内一直如此重要,现在似乎只对到达终点是附带的一笑,在脑海中被搁在一边。

这是一家外面有葡萄架的小饭店,有格子的棚架形成一个凉亭。前面的院子里,许多农民围着桌子而坐,他们的牲口和四轮车停在大路上,虽然,在这么晚的时辰,人们都在吃点什么,并且接待别人。里面,五十个甚至更多的人在吃饭或开怀畅饮。

什么节日或旅途上什么必要的事情使他们把夜晚搞得如此热闹,我既不知道也没有打听,但几乎让人不察觉地在两条长桌之间穿过后,我在终点选择一个位置坐下,老板供应的美酒佳肴。我吃喝时农民在我周围喧闹，我也精神抖擞地跟许多人混在一起。

稍微有点困难的是我让老板明白我想睡一觉直到天亮。他带我出来走到一个小粮仓（因为房间已经满员），指给我芳香的干草堆。他不会为这样一个铺位要钱，在教我如何锁门和开锁后他走了。他是我感谢为我服务过的那么多人当中的最后一个，直到我跨过罗马的大门。

在用干草铺成的床位之上，一个没装玻璃的正方形窗户，对着南国之夜开放，没有飘进来，因此空气是如此宁静。我困倦地守望了一会儿，接着睡意把我压倒了。

但是在我睡着时，罗马，罗马仍在向我招手，一道很难移动的光芒使我惊醒，好像听到一个声音的呼唤，我悄悄地溜出来，只好一路走下去。

铺筑卡西亚大道的小小的四方形材料，在我的步子下回响。晒得焦干的土坡和一条条田地从雾中显露（雾的潮润并未能解救康帕格那干旱的土壤）。太阳升起来，雾气消散。我透过浓厚的大气仔细观望——但仍看不到我的目标，只有混乱的一道道褐色的土地的褶痕和干枯的草，再远处是稀少的南方特产的树木。

我经过一座中世纪的古塔楼，它的基部已被时光所腐蚀或遭到人的开掘。我经过右方的一条歧道，路上竖着一块木牌，上面写着“凯旋之路”，我纳闷它可能是一条举行凯旋者游行的仪式时要走过的大路。它似乎寂寞而失落，跟任何接近罗马城外的神圣的山峰都不相关。

大路陷入一块洼地。洼地上有士兵在操练。即使这些人也不能吸引我的注意力，因为我的注意力已固定在接近的新发现上。道路升上一个小小的山坡，一条岔路朝左面而去，那里有一幢房子和一个在藤萝下的凉亭。这一天天气暖和，很高的树木挺立着挡住阳光。这个地方的外表富裕好象受到了很好的管理。在我还没有到达山冈顶前，雾已经消散了。

然后从顶上，在两边的别墅的高墙之间——就在我脚下我看到了罗马城。

因此，最亲爱的朋友，你们全体再见！这一天的黎明早就降临到卡西亚大道了，浓雾已经散开，罗马在我眼前，我是在一番不平凡的经历的门槛上，我愿意单独一个人。再见吧读者，再见吧各位。

在山脚我振作起精神，准备好进入这座城市。

一片开阔的地带，一条电车路，路轨上有一辆由两匹疲瘦的马推动的电车，炎热的天气下有许多苍蝇干扰它们。周边样样东西上都有尘土。

就在前方有一道桥，桥上装饰着许多用柔滑的石料雕的雕像，已经朽坏掉一半，但依然照十七世纪的风格在腐蚀的状态下打着手势。桥下迅猛地汹涌翻腾流淌着台伯河的黄色的浊流。远远在右方是规模宏大而丑陋的白色军营。圣彼得大教堂的拱顶突出在这些之上，看起来像什么新的建筑物。它的蓝色柔和而优美,但跟天空形成一种金属般的对称。

然后循着一条完全笔直的路走,路两旁是工厂,破旧的房屋和杂乱的墙垣,到处是纸片、骨头、污物、垃圾,我走过了几百码路段,眼前老是出现罗马的古城墙,直到最后我走到它下面,带着符合一切伟大行动的犹豫心理踏进去,右脚先行,生怕我会把更多的噩运带到我们所有人的好运之都。

我的旅程就这样结束。

那是白杨树之门。许多教堂近在咫尺。我走进那一座最近的,它刚好在城墙范围内,名为“人民圣母院”。里面有许多绘画,不是矫揉造作的风格,但有强烈的感染力,色彩深浓,和谐协调。

使我懊丧的是弥撒接近尾声。我走近一位教士,对他说:

“神父,下一次弥撒在什么时候举行?”

“在九点[①]。”他说。

“真的!的确!”我想,“还有二十分钟等待这次弥撒结束。旅行不能说过去了,要听到罗马第一次弥撒结束才算。我还有二十分钟可以对我的书作补充。”

这样,经过埃及方尖碑,那是奥古斯都大帝建立以崇奉太阳神的。我最终进入了罗马。

---

① 神父指的是古罗马的时间,相当于现在的下午三时。

后 记

读者:您打算不告诉我们任何有关罗马的事物了吗?

作者:什么也不谈,亲爱的读者。

读者:至少告诉我一件事,您看到了古罗马圆形剧场吗?

作者:……我走进一家在一条非常长而笔直的马路右边的咖啡店,要了面包、咖啡、白兰地,一边注视着我的靴子,一边用敬爱的目光看我的手杖,它们在这么久的时光里一直是我的朋友,而且是像一切真正的非生物朋友一样的朋友,我用最后的几分钟写下这首诗献给我的快乐、平凡、不悔的户外自然生活

充满激情的颂歌或哀歌
穿着这双靴子,拄着这根拐杖
我徒步走过两百五十里路,
两百五十里路,我行走,
我一步一步,我轻捷地走,

我前进，我坚持，我急行，我滑跌，
我推进，我喘气，摇摇晃晃，冲刺，
我择路，我涉水，游泳，溅起水珠，
我溜达着走，我攀登，时而慢慢地爬，时而手脚并用，
我下山，漫步徜徉；
我沉重缓慢地走，我一瘸一拐地走，
我步履艰难地走，我踏着坚实的脚步，
我在孤寂的灌木林中露宿，
我在幽灵出没的松林中睡觉，
我流连，徘徊，蹒跚，悄悄地徐行，
我费劲地爬高，暂停前进，又跨步向前，一跃而起，
我慢慢地闲逛，大步兜圈子，
让我别隐瞒……我搭过车。
穿过山谷和高地，西边是整个世界，
要是我存心想喝就喝；我觉得想唱就唱；
从不转脸对着老家，
直到我的心在罗马得到满足。

读者：但这是打油诗[①]吧？

作者：无可奉告！

---

① 作者在英国文坛以写打油诗著名。

《罗马行》译后记

二十世纪初，作者作为一个虔诚的天主教徒往罗马朝圣，附带也作为旅行，他采取徒步的方式，从法国东部洛林省的图尔出发，穿过瑞士进入意大利，由北部的伦巴底平原，经塔斯孔尼省，纵贯中部直达罗马，他走的是一条直线，全程约一千两百公里（两百五十里格），可说他的游踪贯穿部分的欧洲中部。《罗马行》基本上是一部游记，但穿插了作者的一些议论，讨论他感兴趣的问题，如宗教信仰，但全书最精彩的部分当然还是他的旅途见闻，他对于山川风景、人文古迹的描写和对萍水相逢的人物的刻画。

由于他是一个徒步旅游者，或者用当代的新词说：一个背包客，走的不是通常的旅游路线，这就使他能够深入一些穷乡僻壤，见人之所未见，历人之所未历，使本书成为一部别具一格的游记散文。

在作者的这条旅行路线上，在我阅读和翻译的过程中，留下印象最深刻的片断有风光明媚的莫塞尔河谷、古色古香的小城爱比纳尔、雾霭迷蒙的布里恩泽、冰雪世界的格利斯冰川、雄伟壮观的阿尔卑斯山、险象环生的爱尔河等，没有一处雷同，确实是多彩多姿，使人目不暇接。因为在这条路线上没有什么大河，主要是崇山峻岭，包括尤拉山脉、阿尔卑斯山脉、亚平宁山脉，这几座中南欧的名山，对它们的描写可说是姿态万千，极其尽致，我常常找不到恰当的汉语词条翻译，只好临时去找我国古代著名的游记求助，从而不能不感叹作者和古人语言的丰富，自己语言的贫乏。此外，有些自然变化的现象，如亚平宁山的日出、洛林森林的夜晚、布里恩泽格拉特的雾都写得比较出色而迷人。

作品中还出现数以万计的人物。他们当中有农民、小饭店的老板、商贩、修女、教士、兵士、警察、向导、闲人，等等。描写他们也就必然牵涉人物活动的背景，包括乡村、餐馆、旅舍、集市、教堂、城堡，以及节日、弥撒。作者的焦点集中在小城市和乡村，可说是二十世纪初欧洲中部几个国家：法国、瑞士、意大利的城乡风俗民情的图画。作者的社会政治观点也反映在这些描写上。贝洛克在英国政坛是以持天主教的保守观点知名的，他反对资本主义工业化而对前资本主义的农业社会保持同情，他明确表示对米兰这样的现代化大都市，他只一笔带过，把重点放在小城镇上，所以在他的笔下，那些保持着淳朴古风的普通人民，由于多多少少与现代大城市社会隔绝，没有脱离中世纪的影响而受到作者的赞赏。

从书中许多地方我们也看到作者常常结合旅途的环境细腻地表现他的感受，不光是纯粹描写风景，把客观的外在世界和主观的内心世界交融结合起来，这种手法在史蒂文生的游记中已开其端，贝洛克则大大加以发挥，这是值得借鉴的。

《罗马行》由于牵涉的地域较广，人物众多，所以堪称游记中的一幅长卷，这三个国家的地貌完全不同，法国是以莫塞尔河谷为重点；对瑞士，主要是写高山；意大利则突出伦巴底与塔斯孔尼平原；读者得到的是不同而各具风姿的印象，显得画面壮阔、气象磅礴，评论家公认是贝洛克的代表作。如果存在美中不足就是由于作者行色匆匆，止于浮光掠影的记述，未能深入当地的生活，他对沿途经过的许多景点和小店的描写难免大同小异。但瑕不掩瑜，我想这不至影响全书的可读性。

最后要说明的是译本对原文做了一些删节，主要是与旅行无关的插话——是作者在旅途上无事可记时给读者解闷的议论、闲聊、琐事杂忆，以及文字游戏——和拖沓重复的地方，如对天主教信仰的探讨、法国官僚主义的可笑等，我想这些删节不致影响读者的兴趣，反而会使原文显得简洁、紧凑（我保留某些片段以见一斑）。这些离题的插话往往形成贝洛克的独特风格，这在他较短的随笔中也能见到。

爱因斯坦说过："真正的艺术是以有创造精神的艺术家不可遏止的创作冲动为特征的。"我觉得任何一部作品并不是每一章每一节都是精彩的，神来之笔毕竟是少数。对待自己的译文也是如此，尽管我自认任何时候都没有草率下笔，但离"真正的艺术"还有距离。文学翻译既是一种学问也是一种艺术，一位作家并不是他的每一部作品都处于同一水平，也不一定后一部作品就超过前一部，一部译作能使我前进一步而不是后退，对我来说就足以欣慰了，但是否如此，应该由读者（包括编者）去做出评断。